M的旅程

馬森文集

Sen Ma 創作卷03

延展夢境碎片，折射人生冷光

現代版的愛之「變形記」

秀威版總序

我的已經出版的作品，本來分散在多家出版公司，如今收在一起以文集的名義由秀威資訊科技有限公司出版，對我來說也算是一件有意義的大事，不但書型、字體大小不一的版本可以因此而統一，今後如有新作也只須交給同一家出版公司就行了。

稱文集而非全集，因為我仍在人間，還有繼續寫作與出版的可能，全集應該是蓋棺以後的事，就不是需要我自己來操心的了。

從十幾歲開始寫作，十六、七歲開始在報章發表作品，二十多歲出版作品，到今天成書的也有四、五十本之多。其中有創作，有學術著作，還有編輯和翻譯的作品，可能會發生分類的麻煩，但若大致劃分成創作、學術與編譯三類也足以概括了。創作類中有小說（長篇與短篇）、劇作（獨幕劇與多幕劇）和散文、隨筆的不同；學術中又可分為學院論文、文學史、戲劇史、與一般評論（文化、社會、文學、戲劇和電影評論）。編譯中有少量的翻譯作品，也有少量的編著作品，在版權沒有問題的情形下也可考慮收入。

有些作品曾經多家出版社出版過，例如《巴黎的故事》就有香港大學出版社、四季出版社、爾雅出版社、文化生活新知出版社、印刻出版社等不同版本，《孤絕》有聯經出版社（兩種版本）、北京人民文學出版社、麥田出版社等版本，《夜遊》則有爾雅出版社、文化生活新知出版社、九歌出版社（兩種版本）等不同版本，其他作品多數如此，其中可能有所差異，藉此機會可以出版一個較完整的版本，而且又可重新校訂，使錯誤減到最少。

創作，我總以為是自由心靈的呈現，代表了作者情感、思維與人生經驗的總和，既不應依附於任何宗教、政治理念，也不必企圖教訓或牽引讀者的路向。至於作品的高下，則端賴作者的藝術修養與造詣。作者所呈現的藝術與思維，讀者可以自由涉獵、欣賞，或拒絕涉獵、欣賞，就如人間的友情，全看兩造是否有緣。作者與讀者的關係就是一種交誼的關係，雙方的觀點是否相同並不重要，重要的是一方對另一方的書寫能否產生同情與好感。所以寫與讀，完全是一種自由的結合，代表了人間行為最自由自主的一面。

學術著作方面，多半是學院內的工作。我一生從做學生到做老師，從未離開過學院，因此不能不盡心於研究工作。其實學術著作也需要靈感與突破，才會產生有價值的創見。在我的論著中有幾項可能是屬於創見的：一是我拈出「老人文化」做為探討中國文化深層結構的基本原型。二是我提出的中國文學及戲劇的「兩度西潮論」，在海峽兩岸都引起不少迴響。三是對五四以來國人所醉心與推崇的寫實主義，在實際的創作中卻常因對寫實主義的理論與方法認識不足，或由於受了主觀的因素，諸如傳統「文以載道」的遺存、濟世救國的熱衷、個人的政治參與等等的干擾，以致寫出遠離真實生活的作品，我稱其謂「擬寫實主義」，且認為是研究五四以後海峽兩岸新小說與現代戲劇的不容忽視的現象。此一觀點也為海峽兩岸的學者所呼應。四是舉出釐析中西戲劇區別的三項重要的標誌：演員劇場與作家劇場，劇詩與詩劇以及道德人與情緒人的分別。五是我提出的「腳色式的人物」，主導了我自己的戲劇創作。

與純創作相異的是，學術論著總企圖對後來的學者有所啓發與導引，也就是在學術的領域內盡量貢獻出一磚一瓦，做為後來者繼續累積的基礎。這是與創作大不相同之處。這個文集既然包括二者在內，所以我不得不加以釐清。

其實文集的每本書中，都已有各自的序言，有時還不止一篇，對各該作品的內容及背景已有所闡釋，此處我勿庸詞費，僅簡略序之如上。

馬森序於維城，二〇一〇年七月二十三日

愛的形變
——我讀《M的旅程》

黃碧端

《M的旅程》是費解的。它似乎太「新」，讀者得重新學會適應這樣的閱讀經驗；它又其實很固有，遊過地府的但丁或目蓮，想像過各類奇風異土的李汝珍或斯威夫特（Jonathan Swift, 1667-1745），都是在設計旅程，且都藉了那設計在傳達故事之外的訊息。

然而馬森的故事之外的訊息是什麼呢？

全書中寫成最早（一九八四），且與書名同題的短篇〈M的旅程〉應該是整個「旅程」九個單篇的濫觴，而可能提示了整體的原始意念；在這個單篇裡，M先走到一處水邊，看到有人正在垂釣。垂釣的人凝神釣起的是一隻大龜，大龜原來竟是釣者的父親。在大龜的責怨下，釣者將大龜放回水裡，自己「兩手捧面黯然飲泣，其聲幽微，但極爲悲切。」M繼續他的旅程，其間遇到過長了一身如斑斕彩衣的「綉癬」，不必另著衣物的婦人，看到了以眞正的袋鼠爲旋轉木馬、以眞兎子供遊客射擊、以關在籠中的赤裸受酷刑的人供人參觀的遊樂場，又遇到大石下冒出與自己一模一樣的「石下人」。

M回到自己的故鄉，看到結成了一個灰白的繭，安於繭中的安適的母親，還有變成了蜘蛛，每天爬行於方寸之地而自得的父親。最後M走到充滿陽光的街上，街上的人羣都仰頭注視著對街的一棟大樓。大樓的一個窗口有個女子正從鐵欄後呼號著，但衆人不是在看她，他們看的是屋頂的一個垂下的騾子的頭。死去多日的騾子周圍飛旋著成羣的蒼蠅，嘴裡滴下黃色的液體，「M跟衆人一起注視著這一具騾子的屍體，覺得十分快樂。」

——我們似乎無可避免地得把《M的旅程》當作一連串的變形記來讀，不管是垂釣人的父親變爲大龜，M的父母變爲蜘蛛或繭人，還是綉癬覆身或幻化出另一個自我，都是變形。「M」固然是主人翁名字的代稱，又可以當變形，metamorphosis 的縮寫。

變形的意象在書中接下來的八個短篇中重複出現。在第二個故事〈遺忘〉裡，M莫名所以地進入了十年後的某一節火車上，正要去參加一個他一無所知的科技會議。到達目的地後M才知道自己落在未來時空的一個點上，繼承了已死的M的種種——妻子、兒子、學術事業。M不能接受這樣的事實，死去的M是那種「牽了一個女人和一羣孩子」的男人，但他不是，他是一隻「獨飛的鳥」。想獨飛的M在看到門口站著的M的兒子時倉皇奪門而出，死於火車輪下。但是，當然，如果死去的M其實仍以M的形體存在，再度死於輪下的M也必然是不死的，何況人本來就無法「死於未來」。這篇〈遺忘〉充滿時空弔詭，近於是個科幻故事，但我們把它放到〈石下人〉的框架中，才更能看出，這兩對形體重疊的M，一個在旅程中追尋，一個壓在石下；一個是牽著妻子兒子的男人，一個想做獨飛的鳥。這雙影像的重疊，是賈寶玉

／甄寶玉式的變形，也是莊周／蝴蝶式的變形，在自由與安頓之間設想一個雙重人格的對照，也在時空錯置的可能性中預留形質互換的弔詭。

但是，賈寶玉是妥協的，或者說，曹雪芹是妥協的，這個中國文學史上幾乎獨一無二的畸零人（superfluous man），儘管敏感於生命的痛苦，選擇了回歸虛無來完成他的叛逆，畢竟，他仍遵從以倫理爲名的生物法則，留下一個子嗣才飄然而去。M比寶玉爲絕裂，他拒絕生命所衍生的羈絆，不管是來自父母的還是子嗣的。然而，在某一個意義上，他是個在未來的某一時空中瞥見自己的子嗣的寶玉，他倉皇逃遁，然而終究無可逃遁，死於輪下的M「並没有眞死，他仍活在人間！」他必然活著，不僅因爲未來還没到來，更因爲他的生命已經在兒子身上延續。

M拒斥生物法則和親子關係所衍生的局限，這可以用來解釋爲什麼父母的意象在M的旅程中恒以負面出現。父母變形爲大龜、爲繭、爲蜘蛛，以及在另外的故事裡，雖未變形，然而全然無法進入M的世界的異質。繭人和蜘蛛都安於他們的現狀，認爲M也應該學樣，「又舒服又溫暖」。然而M不要舒服，「只要活著」即使痛苦，「我要用我自己的辦法活！」

但是，人因爲有「未來」有子女而成爲死不了的人，人也因爲有「過去」有父母而成爲不能隨心所欲地活的人。M要用自己的辦法活，聽從自己內在的召喚。有一個湖在夢中不斷召喚他，去尋那湖遂成爲他的生命追尋的象徵。M涉水越山終於找到了夢中的湖，那一彎明鏡似地反照著皓月的湖水，「在黑夜的翼覆下靜靜地躺在松林的懷抱中，溫柔、安詳，用十分母性的柔情迎接著M的眼光。」

在〈迷失的湖〉裡的M，藉了這「十分母性」的湖來表白他對理想的發育者的期待，這樣的湖，激發了M的生命力，是M以爲可以超越生命的障礙，跳出時間掌握的一個憑藉。然而他的眞正的父母卻在這時出現，給了M宣示拒斥的機會。父母來找他回去，M斷然拒絕，他們不明白他何以要到這野地來逗留，「你說你們愛我，你們可懂得什麼叫做愛？愛是呼山山來、呼水水到的嗎？愛是要聽從你們的命令嗎？愛是要受你們管轄的嗎？……」

在反詰之中，這似乎是書裡唯一的一次，M正面說明了他所認定的愛。愛不是呼山山來呼水水到，愛是出發去追尋，愛是放他做單飛的鳥，愛是自由到形質互變了無窒礙。湖邊的M，彷彿赫塞（Hermann Hesse, 1877-1962）筆下求道的希達塔，找到了安頓身心的歸鄉，任憑父母、老師、舊日情人、妻子的勸說，都不動搖。M似乎把追尋的目標——對生命和時間的超越——寄託在現世的自然之中，自然意象裏的湖既是「十分母性」的理想母親的變形，也是超越了時間局限的愛戀對象。

因爲自然被賦予了與時間之流對抗的意義，「形變」對落在時間局限中的人事因此也在加入「自然」的因素後象徵了掙扎擺脫時間律的努力。旅程中M回到多年前的舊居，老屋傾頹，鏡中的自己衰老醜陋，然而屋外卻是一樹盛開的櫻花，「烘烘蒸蒸在夕陽中燒成火一般的顏色。」M問，「爲什麼自然不會衰老呢？」自然不老，追尋時間的超越的M也同時追尋的是復回於自然，並且藉了形體之變，象徵與自然合一的境界。

這個意念，在全書也許是最詭異的一篇，〈追鳥〉中也許表現得更明白。這回，M離開了他每日愁容深鎖的母親，獨自出門，但卻迷失在森林中。M在林中變形爲一個通體長出綠毛的人，既有保護色又可禦寒。但M漸漸想起被丟在家裡的母親，他的愧疚日日加深。有日這愧疚的心從胸腔中裂開脫出，M經過劇痛，整個人脫離了原來的綠毛軀殼而成爲另一個有著黑亮皮膚的新人，逐漸又不僅從痛楚中恢復，而且變得可以僅以草葉蘑菇充飢，與自然融而爲一。

我們在這裡不免要被提醒了紅樓裡黛玉夢見寶玉將血淋淋的心挖出來證明自己的愛的一段。心代表了倫理羈絆，要這牽念的心從軀殼中脫出了，寶玉得道，M也終於消除了愧疚的痛苦。在某一個意義上，M的旅程即是擺脫牽念的一個過程。〈追鳥〉中一再形體巨變，而每一變都使M更與自然融合，也使他擺脫了時間之流，有著近於「得道」的隱喻。

然而M終究沒有得道，因爲他的旅程也是一個欲「擺脱」而不能的旅程。一如我們明清小説中的許多仙界故事，那些修成正果、悠遊於老病死的時間掌控之外的仙子們，每每因爲一點未泯的凡念，便重新墜入凡世紅塵，重新受制於時間律。我不知道馬森是不是有意無意受到這樣一個敍事公式的影響。但〈追鳥〉確實暗合了這樣的定律，M在「得道」的邊緣上重新墜入時間之流，他在脱出軀殼，已臻不畏飢寒、無所憂慮的境界中，某日卻聽得一聲鳥鳴，激動地喚醒了久遠的記憶。M追著鳥聲一路跋涉到了一小屋，力竭睡去，而被一老人自足趾逐漸吞食。在奪命的掙扎之後，M的心魂似乎隨白鳥而去，醒來摸到自己的形體，卻顯然正是吞食他的老人的，「M心中十分詫異，怎麼一瞬間自己已經這麼老了？」

這一瞬間老去的形體，也許重複了M對父親意象的指控（被「老人」吞食）；也可能想暗示人對時間律的作用有最終的主控權（假如M不動念，不去追那鳥⋯⋯）；也可能馬森終究是悲觀的，並不相信人眞有回歸自然的指望。無論如何，這時間的意識和鳥的意象的關聯並不是偶然，在〈一抹慘白的街景〉中，我們便看到一個失落在舊情裡的女孩，出現在月光下慘白的街景裡，她唱著没有意義的音符，每唱一個音符，就有一隻小鳥從她口中飛出，從洞開的窗口投入月光中去。而M，看著那飛走的鳥，無法抑止住心中的悲慟，「他衝到窗口，慘烈地對著月光叫道：『還我的小鳥！』」

大自然裡的太陽落下，「明朝依舊爬上來」，只有青春的小鳥一去不復返，這民歌裡熟知的比喻在M的追尋中也正是自然不老和人事無常的對照。小鳥是時間的變形，更是昔日情人以當年形象現身又瞬間老去時所釋放出的能量。小鳥隨著音符飛走了，月光下只餘一抹慘白的街景。我們如果讓這鳥飛到〈追鳥〉的森林裡，讓那已經忘了人間，與自然融合爲一，有一身黑亮皮膚的M看見了，便知道M隨著鳥聲被喚醒的「久遠的記憶」，是那額前覆著劉海、穿著陰丹士林大褂、白襪布鞋的女孩。但是，追著青春的小鳥的代價是回到時間律，是瞬間老去，現身在M眼前的女子付出的代價也是瞬間白了一頭青絲。

形體之變在M的旅程中是各種意念的象徵，當然它們不是一對一地清晰呈現，綉癬如彩衣也許和作繭覆身有類似的意義，遊樂場的袋鼠、兎子和受刑人也許就只爲顯示荒謬的場景或殘酷與娛樂的相爲表裡。〈畫荷〉裡暴戾不聽使喚的右手和所畫的頭顱與荷花意象的重疊是不是只爲了強調結尾對人的生之留戀的感嘆？許多變形的旨意還待讀的人一一探求。馬森是當代小說家中最擅用象徵手法，也最勇於突破小說佈局的一位，我們讀來既有解謎的快樂，又不斷眩惑於謎題的難解，但是，即使在不解之際，伴隨M旅程的對於時空的弔詭的探討，對於生命傳承意義的思索，處理景象和人際細微處的抒情片斷，都使這「旅程」成爲雖晦澀然而誘人不能釋卷的讀本。

留下來我們不免想問的一個問題是，M跟著滿街的人仰頭看對面樓頂上死去的騾子，爲什麼「覺得十分快樂」呢？是因爲緊接在繭人和蜘蛛的自我局限的意象之後，這騾子竟意外地出現在牠所不可能出現的屋頂，使M覺得振奮麼？還是那開始腐臭的死亡意象嘲弄了生的無謂？（一如〈畫荷〉中做晨操的人的努力凸顯了某種求生的可笑？）

西方變形故事的鼻祖，奧維德（Ovid, 43B.C.-A.D. 18）的《變形記》（*Metamorphoses*）故事裡出現許多屠戮死亡，而論者泰半以《變形記》爲一部處理「愛」的作品，原因在於，除非美化或作浪漫主義式的想像，愛的本質是必與恨相生而共同呈現人類最強烈感情的兩端的。我們讀馬森的變形記，讀他對生的質疑、對父母之角色意義的探索、對時間的追尋，在在觸及人類最終極的關懷課題和最強烈的感情依附，《M的旅程》與奧維德的作品一樣，都是處理愛的變形記。

M的旅程

附錄

M的旅程

M的旅程

M趨前細看，
原來繩索下端繫了一塊巨石。
巨石錯開之處，
似有物在其中蠕動。
M伏身下望，
該物忽然在石隙間冒出，
竟是一個活生生的人。

—釣龜

M走到水濱，見一人正在垂釣。M趨前觀看，岸邊泥濕石滑，幾失足跌入水中。

M站穩了腳步。

垂釣人背向M，目注水中，似對M的存在全無所見所聞。

M見水中綠波粼粼，水面下藻類叢生，隨水波而蕩漾。M抬眼注視垂釣人。

垂釣人面無表情，目光凝聚，似對自己所爲之事異常專注。

俄頃，垂釣人突將釣竿高高揚起，有一物隨釣線而突出水面，原來是一隻大龜。

M正感驚詫，忽聽大龜開言道：

「今天你又將老子釣上來了！」

垂釣人把釣竿舉在空中，既不拉緊，也不放鬆，面不改色，對大龜的話充耳不聞。

只聽大龜又道：

「白養了你這個兒子，你就只會吊你家老子！你何不也去吊吊別人看看？」

垂釣人這時將釣竿再行揚起，慢慢收線，將大龜引向岸邊。大龜一面在水中晃游，一面昂首張口，朝向垂釣人。垂釣人屈身下伏，迅捷地將釣鈎從大龜的口中取出。大龜遂又隱沒在粼粼的綠波中去了。

垂釣人收回釣竿，蹲下身軀，兩手捧面，黯然飲泣。其聲幽微，但極為悲切。

M見此光景，非常不解。自覺身為局外人，無意在此久留，遂又沿水濱小路折入山徑。

2 繡癬

山徑崎嶇，雜草叢生，且有亂石當道，通行非常不便。M好不容易走過了這段山路，抬眼望去，前面是一片平原。遠望似有村鎮，隱隱浮現在遠樹叢莽間。

M走在一條黃土路上，不久就到了一片打穀場。場上有一群兒童在追逐嘻笑。走近前時，M才發現有一位中年婦女坐在場中，正對M凝神注視。

中年婦女上著彩繡上衣，下著黑色長裙，因爲席地而坐，長裙便展佈在女人的四周，好像女人坐在一個黑色的蒲團上。

M趨向前時，中年婦女對M癡然而笑，使M感到有些忐忑不安。

但M內心中很想知道到了什麼所在，遂硬了頭皮，迎上前去。

就在此時，中年婦女低下頭去，用手指著她上衣上的彩繡，問M道：

「你看，這個好看嗎？」

M定睛看時，見中年婦女上衣的彩繡是用紅、藍、紫三種顏色所繡成的一種古怪的圖案。圖案以細密的圓圈構成，圓圈有大有小，有的重疊，有的勾連，結構非常複雜。但奇怪的是除了圖案以外，竟看不出上衣的形狀。

M正覺詫異，中年婦女又開口道：

「我有病，你知道嗎？」

M退後了一步，極不安地問道：「有病嗎？」不等女人回答，M又說道：「你看起來不像有病的樣子。」

女人微微笑道：「我生的是一種皮膚病。癬，你知道嗎？」

「癬？」M又把眼光投注在女人上衣的彩繡上。

「你以爲這是彩繡嗎？」女人指著她上衣的圖案問M說：「不是的！這是癬！是我生的皮膚病！不過這種癬，是我用一種癬菌繡上去的。我先把癬菌染成各種的顏色，然後讓牠們在我的皮膚上盡量繁殖，自然就形成了這許多好看的圖案了。當然啦，開始的時候是很癢的，但是久了就會習慣了。而且有一點癢，會使你覺得生活更有意思。你永遠不會無事可做。在你感到無聊的時候，你至少可以爲自己來抓癢，豈不是種很好的消遣？你要不要試試看？很容易的，幾分鐘之內我就可以替你繡一身漂亮的癬的圖案。」

M感到一陣噁心，驚懼地又後退了一步。

「怎麼樣？不想試嗎？」女人盯視著M，頗爲善意地說：「有了這一身繡癬，連上衣也不用穿了。其實，如果繡得好看，下衣也不必穿。這樣既經濟，又藝術，非常合乎現代生活的原則。」

M又後退了一步。

「現在這樣的繡癬是非常流行的了，特別是我們婦女，誰沒有繡癬呢？」

M驚異地瞪大了眼睛。

「怎麼，你沒有看到嗎？你一定是一個保守派！落伍者！假道學！老骨董！哈哈哈哈！」女人張口大笑道：「連繡癬也沒有見過的老骨董！哈哈哈哈！」

在女人的笑聲中，M返身逃開了。

3 遊樂場

M一口氣跑出了兩百多公尺，才敢扭頭回視。遠遠地他只看見那一群互相追逐的兒童，卻不見了繡癬的女人的踪迹。

M順著那條相當寬闊的黃土路繼續前進。沒走多遠，就聽見音樂的聲音，好像是手風琴、電風琴那一類的樂器所奏出來的音樂。M朝樂聲傳來的方向望去，遠遠似見有些飛旋的輪，像是一個遊樂場的模樣。

及至走近了，果見是一個遊樂場。並不收門票，人們出出進進各隨其便。可怪的是那些進出遊樂場的人們，個個都面無表情，舉止乖張，發音吱吱唧唧，猶如金屬摩擦的聲響一般。就近視之，竟像是一些皮包的機器人。

M雖然心中納罕，卻也不敢詰問。遂跟隨衆機器人走入遊樂場中。第一眼看見的就是一盤旋轉木馬。與普通旋轉木馬不同的是，下面並沒有底盤，木馬也不是木馬，而是由十來匹袋鼠以鏈條繫於中軸而構成。在袋鼠竄跳時，就形成了木馬式的升降起伏。

M跟在機器人後，跨上了一匹袋鼠，衆袋鼠果然一起一伏地跳動起來，團團循環不止。M騎在袋鼠上，回憶到少年時光，很爲得意。這麼跳動了一會兒，袋鼠停下來，以便換上另一批乘客。M跨下袋鼠，見幾個袋鼠媽媽利用這短暫的時間來哺乳小袋鼠。但可惜時間太短，袋鼠媽媽不得不悽然地把小袋鼠掖回袋中，有幾個很明顯地含著半眶眼淚，繼續這般木馬式的機械動作。M感到很是悽慘。

離開旋轉袋鼠，M參加了狩獵遊戲的人叢。這一堆的機器人相當擁擠，但頗有秩序，大家靜靜地挨號排隊，等候一支獵槍到手，M也夾排在衆機器人之中。

約莫有一盞熱茶的工夫，M等到了一支獵槍。M這時才看清眼前的景色。面前展佈的是一片蠻荒的景象，從右到左規律地有野獸出沒其間。最近處有兎、鹿、獐、麃之類，較遠處有狼、豹、野豬，最遠處則有獅子和野象。獎品是可以把獵獲物攜走。M初時有些懷疑這種獎品的用意，因爲獵物既是人工的模型，如何可能攜走？在疑惑中M瞄準了最遠處的一頭獅子，但未曾射中，獅子已經跑過。M又瞄準了中距離的一頭野豬，又是彈丸虛發。最後M瞄準了前景中的一隻兎子，這次竟一槍中的，打穿了兎子的腦袋。M放下獵槍，正想離去，在出口處卻見他射中的那一隻兎子正平躺在一隻鐵盤裏，頭部流著血，後腿仍然兀自顫動不已，原來竟是一隻眞正的野兎。

M吃了一驚，也未敢拎取兎屍，從出口的鐵欄下一頭鑽了出來，心中卜卜地跳個不止。

這時M隨著機器人潮來到一座鬼屋，身不由己地坐上了一架台車。M剛剛關好車欄，台車就在一陣刺耳的軋軋聲中立刻發動。M的身軀隨著台車的震顫激烈地搖擺，眼前先是一片黑暗，逐漸地看出身旁一些熒熒的燐光，而且耳邊傳來了細微而悽慘的呼聲。定睛看時，台車所經之處，兩旁在微弱的綠燐燐的燈火中擺滿了無數巨大的籠子，籠中鎖著的卻正是M的同類！那些被鎖住的人類正把雙手伸向籠外，發出細微而悽慘的呼號。M正自驚心，台車忽然轉了一個角度，在一陣激烈的搖擺中緩慢了下來，面前紅光閃閃，卻毫無聲息。M看見自己正經過一條分隔的長廊，在每一個隔間都有一個赤裸的受刑人。其中有男有女，有老有少。刑具是自動化的，並無人操作。有的被熱鐵燒烙，經過時可聞得出皮肉的焦臭；有的被利刃穿股，黑色的血液慢騰騰地從人體中滲出。所以一片靜謐，原來受刑人都被封了口。看到這裏，M緊閉雙目，兩手捧心，極欲嘔吐。正在此時，台車朝前疾馳而去，通過一條極端黑暗的甬道，M見台車就要撞上甬道盡頭的一具立屍。是一具立屍，頭部被砍去了一半，腦漿血肉兀自邋遢淋漓地從肩部往下流淌。M發出了一聲驚叫，台車忽在立屍前急行轉彎，到達了出口。

M兩腿抖顫，下了台車，正欲尋一個角落把胃中積鬱之物吐出，忽見遠處走來兩個士兵，手中提了M適才射殺的野兎，左顧右盼，似在尋找M。M心知有異，遂也顧不得嘔吐，在驚悸中，低了頭，掩了面，逃出遊樂場來。

4 石下人

M跑了一段路，胸中積纍，始漸平復。卻見這一帶正在興工建築，到處是鷹架、沙石，及雜置於地的種種建築材料，並不見有工人。

M步上一個斜坡，走近一處工地。見工地中央搭成一方小小鷹架，有繩索下垂。M趨前細看，原來繩索下端繫了一塊巨石。巨石錯開之處，似有物在其中蠕動。M伏身下望，該物忽然在石隙間冒出，竟是一個活生生的人。

兩人對望時，使M不勝驚悚，石下的人竟是與M一般無二的一個個體，也就是說是另一個M。

M先是驚訝，然後不免感到憤懣，遂向石下人質問道：

「你為何借了我的形體？」

石下人答道：

「我倒想是你借了我的形體！」

M心感十分不平，忿然道：

「這形體明明是我的，你倒說是你的！天下竟有這種不講邏輯、不顧道義、不懂公德、藐視人權的事！」M搜索出了所有人間他以爲公正堂皇的字眼用以駁斥對方的荒謬行爲。

不想石下人全不爲這些堂皇公正的字眼所動，反倒質問M道：

「你說這是你的形體，你有什麼證據？」

「證據？」這一下倒把M給問住了。M似乎從未想到要爲保有獨佔自己的形體找出證據，好像專利局也並不負責做這一類的鑑定或登記，因此對石下人的反問M竟一時張口結舌不知如何回答才好。

只聽石下人冷笑道：

「看你也沒有任何證據，足以證明這形體是你的！」

M思考了半晌，忽覺靈光一閃，喜道：

「雖說我無證據，但別人足以證明這形體是我而不是你。譬如說我的妻子，她定然會一眼看出我是眞我，你是僞冒。」

石下人又冷笑道：

「事情恐無如此簡單！你既無法獨佔你的形體，你又如何能獨佔你的妻子？你的妻子，在我看來，倒是我的。她絕不會否認。事實上是我們剛剛睡過，不信你去問她！」

聽了這種話語，M不禁怒火中燒，立感五內俱焚，左顧右盼，想抓起一件攻擊的利器，痛擊這個可恨的情敵對手。

見此光景，石下人大笑道：

「看你如此氣窄量小，也不會成什麼氣候！你不過只是一頭屋頂上的騾子，還自以爲在世間有什麼體面！哈哈哈哈！」

M被石下人笑得發毛，在無計可施中，忽然想到了那一條繫在鷹架上的繩索，於是毫不猶豫地衝上前去，以復仇的心理拉開了繩結，只聽轟然一響，巨石扣合，石下人給壓在石下消失不見了。

5 繭人與蜘蛛

M一抬頭，原來是回到了自己的故鄉。

面前就是M日思夜想的那一棟老屋。屋頂上長滿了茅草，牆壁的磚石顯現處處裂隙，似有搖搖欲墜之勢。

M推開那兩扇半朽的木門，只聽吱呀一聲，陽光隨洞開的門射入陰暗的室中。

「媽媽！」M大聲叫道，屋中立刻回音四起。M環顧四周，見牆角壁間滿結了乳白色的蛛網，屋內且充溢著一股霉腐之氣。

「媽媽！」M又叫了一聲。

「唉！」M似聽到一聲輕微的歎息。M一手遮了陽光，朝歎息的方向諦視，見在屋中最陰黯的一角似有物蠕動。M趨向前去，卻見在一張破敗的木榻上睡著一個老婦。M俯身細看。老婦滿臉皺紋，雙目緊閉，她的灰白色的髮由於久未梳洗已虬結成一團。

「媽媽！」M顫聲叫道。

老婦微微地睜開眼來，在眼角裏斜睨了M一眼，低聲說：「是M……？」

M跪下身去，想去把握老婦的手，可是遍尋不見。這時他才發現老婦自頭部以下結成了一個灰白色的繭，把她的身軀、手、腳都包裹不見了。

「媽媽！你的手呢？」M哭聲問道。

老婦又斜睨了M一眼，慢吞吞地道：「手嗎？我已經很久沒有用我的手了！」

「那麼你的腳呢？你的身體呢？」

「我也已經很久很久沒有用我的腳，我的身體了！你不見我從頭部以下都結成一個大繭了嗎？」

「這怎麼行？這怎麼行？」M惶恐地說。

「這樣才好！」老婦安然地道：「這樣我什麼也不必做！」

「媽媽！這是不成的！人活著就是爲了做這做那！」

「你不懂得，M！」老婦仍然極安靜地道：「我們的家鄉既不准你做這，又不准你做那，最好的法子就是什麼都不去做！何況，就是准我做這做那，我還不樂意去做哪！最舒服的生活就是睡在繭裏！」

「這樣一天到晚無所事事，生和死又有什麼不同呢？」

「我也不知道生和死到底有些什麼不同！我並不是自己要生的哪！」

「誰又是自己要生的？我也並不想生到這個世界上來，是你把我生下來的；可是你竟對我說這樣的話！」

「我也不知道爲什麼要把你生下來。既然把你生下來了，我也就管不了了！你跑到東，跑到西，你看你的鞋，都跑出洞來了，又有什麼好！」

M低頭自視，果見自己的一雙鞋子都張開嘴來，露出了腳趾。

「所以呀！」老婦又接道：「最好的法子是結成一個繭，又溫暖、又舒服！」

「不！媽媽！」M站起身來，後退了一步，悲慘地說：「我不要做一個繭！」

「你不要也是沒有用的！」老婦說：「人人遲早都要做成一個繭，倒不如早做了早舒服！」

「不！不！」M悲哀地叫道：「我不要舒服！我只要活著！」

「活著還不是爲了圖個舒服嗎？」

「既然可以爲舒服活，必也可以爲痛苦活！我要用我自己的辦法活！」M堅決地說。

「不做繭也可以，不然就得像你的父親！」

「父親？」M疑惑地問。

「是呀！你的父親！」

「我也有父親嗎？」

「當然你有父親，人人都有父親！」

「那麼他呢？」

「他睡著了！」

「哪裏？」

「不是在那裏嗎？」老婦向屋角抬了抬下巴。

M一轉臉，就見屋角裏結了一個特大的蛛網，有一隻大蜘蛛盤據在中央。正在說話間，那蜘蛛已經睜開眼來。原來除了腳爪以外，整個的蜘蛛不過是一張臉罷了。

「呵！」蜘蛛打了個哈欠道：「M，你終於回來了！」

「是，父親！」M拘謹地說。

「外邊冷不冷啊？」蜘蛛問道。

「不冷！」M說。

「呵！」蜘蛛又打了個哈欠，闔起眼來。

「父親！」M問：「你怎麼又睡了啊？」

蜘蛛睜開眼道：「我也並不是老睡的，有時候我也散散步！」說著蜘蛛就在他的網上上下左右地爬了一周。「你看，我已經走遍了我的世界了！」

M低下頭去。

忽見一條黑色的影子被陽光拋在他的腳下。

6 又一個繭人

M扭轉頭去，看見一個七八歲的小女孩推一部兒車站在門口，她的頭髮被後面射來的陽光染成了一片金黃的光，面部則沉在陰影中，看不清楚。

「這是你的表妹，」繭中的老婦說：「她每天都要推你的舅舅到這裏來問你的消息。」

M懷疑地注視著女孩兒。

女孩有些遲疑地把兒車推進室內來。女孩有一張俊俏的臉，但是顯然帶出了十分的癡呆。

「她不會說話，她是個啞巴！」老婦又說：「因爲她的話太多，她媽媽給她吃了一種藥，讓她變成了啞巴！」

在女孩所推的兒車上，M赫然發現另一個灰白色的大繭，只有在繭的頂端露出了幾根稀疏的頭髮。

女孩癡呆地望著M，臉上沒有任何表情。

這時繭內發出一些咿唔的聲音。

「你的舅舅怕冷，」老婦說：「所以他把繭結到他的頭頂上來了。這樣他不用說話，也不用看世界，他非常安全！」

「這……這……」M哭聲道：「你們過的是種什麼生活？」

「我們都很幸福！」老婦歡愉地說：「眞的，都很幸福！」

蜘蛛忽然又睜開眼來笑道：「他還是小時候那副脾氣。」

老婦接口說：「是呀！扭扭筋的孩子，不知好歹！」

「咿唔咿唔！」兒車上的繭人也參加了談論，於是老婦和蜘蛛都啞聲地笑起來。

M逃命也似地從那陰暗的屋子裏跑了出來。

7 屋頂上的騾子

一走出屋子，M才見滿街充滿了陽光。街上站滿了人群，都在仰頭注視對街的一所大樓。

對街的大樓有五層高，是鋼筋水泥的現代建築的公寓。大樓的每一層都開了許多朝街的窗口，可是窗口上都安裝了細密的比手指還要粗的鐵欄。有一些開花的植物從鐵欄裏冒了出來。

在五樓的一個窗口中，在鐵欄的後面，有一個女人呼號著。她的蒼白的臉時時地出現在鐵欄後面。

M以爲衆人仰視的就是那個呼號著的女人，但M自己仰頭注視了一會兒以後才發現不是，原來大家看的是屋頂上倒垂下的一個騾子的頭。在屋頂上的騾子的身體只能看到一部分，肯定是已經死去多日了，因爲正有一群黑壓壓的蒼蠅飛旋在騾子的屍身上。騾子的嘴裏也正一滴滴地流下一種黃色的液體。

M跟衆人一起注視著這一具騾子的屍體，覺得十分快樂。

遺忘

M一覺酣睡醒來，
根根汗毛冷然直豎，
一個人輕微的鼾聲就在身側傳來。
警惕異常地M向鼾聲的方向輕而且慢地扭轉頭頸，
啊！竟有一個女人睡在M的身側。

經過了將近一年忙碌的工作，M終於得到一個喘息的機會。他獨自住到H市郊區的一家供人休憩的旅館中，每天有大半的時間消磨在水清草綠的游泳池畔。

就是落雨的日子，在別的客人都在戶內裏足不出的時候，M仍然出現在游泳池畔。他很能欣賞纖細的雨腳走在平靜的池面上，形成了無數無數細碎的水花。就在這種除了雨腳行走的細微的窸窣聲外一切都陷入萬籟俱寂的靜謐中，M輕巧地撥水前進。M有時候游自由式，有時候游蛙式，有時候也潛入水中，雙腳併攏像魚尾一般地擺動前進。這時候他幾乎感覺自己像一條魚。若不是他需要浮出水面呼吸，他眞希望永遠停留在水面下，讓輕柔的水波似有似無地包裹著身軀。人類的遠祖一定是來自水中的生物，不然他何以在水中感到如此的自適？

雨越下越大了，游泳池中除了M以外已沒有第二個泳者，連終日坐在池邊高椅上的救生員也撤退到室內去了。M感覺到無比的欣悅，偌大的一個游泳池似乎已歸他一人所有。M當然多少也有些佔有慾，但他所喜愛佔有的與其說是泳池，不如說是他此刻所擁有的這一番寧靜。

他已經來回游了兩公里有餘，遠遠超過了他平日一口氣所游的距離和時間。就在他接近水深四公尺半的跳水台一端的時候，他突感一種力盡的衰竭，幾使他疑心他的心臟在此時突然地停止了跳動，因爲他的手臂幾乎舉不起來了。他憑了一點游泳的本能，平展開四肢，靜靜地鳧在水面上。他仍然可以稍稍抬起頭來，望得見岸邊。他發現救生員的椅子仍然是空的，池內也不見另外一個人，雨卻是傾盆也似地澆潑下來。M心想到岸邊也不過十公尺的距離，只要破力划它幾下也就到了。他下意識地舉起臂來朝前划去。令他吃驚的是他已經划了十幾下，離岸邊卻還是一樣的距離。彷彿當他努力朝前划去時，池岸也同時向前飄行，竟使他無論如何也達不到岸邊。

M此時本可以高聲呼救，他所以沒有如此，因爲他的心中並未生恐懼，他只是感覺疲憊而已。他知道憑了自己的體力，他一定可以游到岸邊。退一步說，就是無法到達岸邊，魚似地永遠停留在水中，也未嘗不是件美事。

M繼續奮力向前划進，在他的感覺中池岸也同時以等速朝前飄去；或者不如說他感覺他在奮力爬上一個泥滑的斜坡，他每爬前一步也同時被重力拉回一步。終於使M產生出那一種噩夢也似的感覺了，因爲在現實中這幾乎是不可能的事。雨聲、水聲，猛烈而疲憊地朝前划動的雙臂構成了M意象中聲畫兼備的一幅醒也醒不過來的噩夢的圖景。

雨聲逐漸地越來越規律起來，唰唰！唰唰！唰唰！唰唰！M終於在一陣暈旋中睜開了眼睛，發現自己不過是坐在一輛飛馳前進的火車中罷了。M雖覺有些茫然，但也不能不欣喜終於從如此一種消磨體力的噩夢中醒了回來。

M細想好像在換車以前睡著的，也許在換車的時候醒來一忽兒，換車以後又繼續沉入夢鄉。現在M完全清醒過來，才驚覺把兩隻衣箱遺忘在前一列火車上了。

M一時覺得頗爲懊喪，但也無計可施。可恨的是M遺忘了前一列火車是開往何處去的；更加難堪的是M也不記得這一列火車的目的地。M只約略記得這次的旅程是爲了去拜訪一位多年不見的老友，且爲了一件重大的事情。什麼重大的事情呢？M一時間也竟不復記憶。唯一使M有些信心的是在換車的時候，M必定曾經記得這一切。不然怎會平白地換乘到這一列火車上來？

車窗外的景物使M非常訝異，田野間到處覆蓋了透明的塑料布，像一座座龐大的暖房。透過塑料布可以看見駕駛著各色各式的機器在裏面耕作的農夫。田野間也偶然矗立著幾座巨形的工廠，廠房都有幾十層的高度。如果是距離鐵路較近的，得要仰起面來才看得見那些聳入雲霄的煙囪。多半的工廠都漆成了綠色，很容易溶入遠山的葱綠中。也有幾座漆成白色的，廠壁上以醒目的紅色標出HD兩個大寫字母。M從沒有見過這樣的景觀，因此而訝異不止。

M本可以把心中的這些疑惑詢問一下同車的乘客，但車中寥寥的幾個乘客不是在靜靜地看報，就是在垂頭打盹兒，似乎沒有一個人注意到M的存在；何況去向別人探問自己所乘的列車開往何處去，或逕然詢問自己該往何處去，豈不爲人視爲笑談？這樣的問題，又如何啓齒？

就當此時，M忽然思及既然坐在火車上，就該有一張車票的吧？遂急忙往上衣口袋裏一摸，果然掏了一張出來。只是這張車票非常奇特，竟是透明的，如果不用手指觸摸，幾乎等於沒有。不過車票中間卻印有一行小字，使這張透明得幾近於無形的車票多少顯露出一些形體。M低頭端詳那一行小字，只見寫的是：Songlinshi 幾個字。

M忽然驚覺，莫非這就是目的地的地名？好陌生的名字！爲什麼要到這樣的一個地方去呢？再找找是否印有日期，卻又沒有。M愈想愈覺不解，就又在衣袋中搜索，果然除了一張銀行的信用卡之外，還有一封極具關鍵性的請箋。請箋上寫明的是國際環境衛生會議在Songlinshi召開第八屆年會，歡迎各國會員提出論文。請箋中並附有詳細的報到時間、地點和宣讀論文的日程表；還附有會議地點的一張地圖。

使M不解的是請箋上的年份比M自以爲生活中的年份晚了十年。難道是印錯了日期上的年份？雖只有一字之誤，卻有十年之別！但最令M驚異不置的是在發表論文者的名單中，赫然發現了自己的名字，名下的論文題目竟是：「氫質子在環境污染中所發生的作用」。

看了這樣的論文題目，M驚愕得幾乎叫出聲來。心中自忖：從沒有好好學過物理、化學，也跟衛生機構一向沒有任何瓜葛，怎會好端端地去參加這樣的會議？發表如此的論文？

M正感百思不得其解，擴音器中已用三種不同的語言連續報出了到達 Songlinshi 的預告，請旅客準備下車了。

火車緩緩進站時，M瞥見站台上非常清潔。站房和站台均以白石築成，竟似一塵不染似地在晴和的夕陽中發散著一片溫潤的潔光。站台上每隔數公尺且有一個同樣是白石的碩大的花盆，盆中植著正在盛開的紅色和白色的山茶。

M跟隨其他旅客走下車來。見其他旅客在出口處均把一張無形的車票投入一個缺口中，半人高的柵欄便自動開啓。M如法炮製，果然柵欄開啓放M過去。

一出車站，M就見一位白衣白裙的年輕小姐正張了一面紅旗，上書「歡迎參加國際環境衛生會議的學者」一行字。幾個陌生人走向前去，M也走向前去，跟白衣小姐打了招呼。有兩個陌生人對M含笑點頭，似曾相識。M也含笑點頭，但心中又覺疑惑，對這兩個陌生人一點也記不起在何處見過。

集合了十來個人之後，見再沒有人來到，白衣小姐便請大家上了一部同樣是白色的交通車，並且宣佈今晚除了報到，拿住宿房間鑰匙以及晚餐外，還有一場音樂會，想赴音樂會的人在報到時可順便請大會秘書處買票。從白衣小姐的解說中，M得知目前正趕上Songlin-shi的音樂節。

原來會議的地點是在一所醫學院。M報了到，繳清了會費，拿了預訂的（誰訂的？M不免納罕）宿舍鑰匙，弄清了宿舍及餐廳的方向和地點，又順手買了一張音樂會的票，才去找自己的房間。

M找到了自己的房間之後，又不禁納罕起來。這是一個套房，臥房裏有一張寬大的雙人床，客室裏卻又臨時加裝了一張單人床。M獨身一個人，為什麼要訂這樣的房間？M委實墜入五里霧中。今天發生的一切，都使M不知所從，但又無可奈何地非遵從了這唯一可循的軌迹前進不可，否則M就頓感自己已經不存在於世了。

雖然尚不覺飢餓，腕錶已經指到五時四十分，如不立刻進餐，難免要誤了當晚七時的音樂會。想到這裏，M鎖了房門，立時向餐廳奔去。

餐廳距宿舍很近，實在說是在同一棟大樓之內，只要乘電梯下到底樓，再穿過一條走廊就是。

M到達時，見已經有不少人正在用餐。M也拿了一隻白色的托盤，跟在別人的身後魚貫前行。餐是自助式的，似乎是一律冷食，並沒有服務人員，全由自取。M見前人首先都取一杯飲料，M也拿了一杯。後來就是火腿、奶酪、臘腸、生菜之類，還有一種冷湯和黑色全麥麵包，最後是衆多的瓜果和冷飲。M因爲不餓，只取了一片火腿、一碟生菜、一片麵包。冷湯讓M皺眉，當然不取。在選取瓜果時，因爲種類太多，倒是有些眼花撩亂。最後M選了一隻拳大的番石榴和一片香瓜。在出口處由一位也是白衣白裙的小姐結賬。

落座以後，M才發現最先取的那一杯飲料，杯子上標明「清胃劑」幾個字。M從未飲過這種飲料，一時倒愣在那裏，不知是否該吞下肚去。

M偷眼看新到的人，個個都取了「清胃劑」，而且都首先一飲而盡。M也舉杯嚐了一口，覺得有些酸澀，近似檸檬汁的味道，也就大著膽飲下肚去。果然覺得胃中一陣清涼，頓覺飢餓起來，於是動手狼吞起所取的食物來。

M正在進食中，肩頭忽被人拍了一掌。回頭看時，卻又是一個陌生人，那人正十分熱絡地笑著準備與M握手。M不得不伸出手去。那人一面握著M的手，一面叫著M的名字道：

「M兄！今年又見到了，又可恭聆吾兄的高論，看了吾兄的論文題目，就知道吾兄治學是年年精進不已啊！」

說得M一頭霧水。不等M發言，那人又道：「這次太太沒有同行嗎？」

自以為尚未結婚的M，更不知如何回答才好了，只唯唯諾諾地應付過去。幸好那人也並不等M解釋，再拍一下M的臂膀，逕自大步走了。

M用畢餐，回房梳洗。一開門，卻赫然看見自己遺失在前一列火車上的兩隻衣箱擺在房間內。M立刻衝向前去，帶著死囚獲赦的歡躍心情迫不及待地打開了一隻衣箱。但是令M失望的是其中的衣物M並不熟悉。再打開第二隻，仍是一樣，沒有一件衣物是M原有的。M試穿了一套外出服；倒也恰恰合身。最令M不解的是，兩隻衣箱中大半都是女用衣物。

M倒在沙發上出了半天神，看看快到六時三十分，就鎖了房門，依照約定，搭大會秘書處準備的交通車到音樂院去。

今晚的音樂會是樂詩演唱，其中包括獨唱、合唱和交響樂。唱法非常獨特，獨唱的人幾乎全在唸誦，而不是唱。合唱的人數雖然眾多，但也如老和尚唸經一般單調。至於交響樂呢，雖也是個人數眾多的大樂隊，演奏起來卻如雨打在水面的劈波聲。這三種奇特的唱奏方式結合起來，卻令M猶如進入太古魔林的感覺，印象深刻難忘。以致使M回到房間時又產生了那種夢境的感覺。但願睡一覺醒來之後，一切都恢復正常。

誰知事與願違，M一覺酣睡醒來，一睜眼看見的仍然是昨夜入睡時的同一個房間。而且……而且讓M根根汗毛冷然直豎的是一個人的輕微的鼾聲就在身側傳來。警惕異常地M向鼾聲的方向輕而且慢地扭轉頭頸，啊！竟有一個女人睡在M的身側！

M先是屏了呼吸，不敢稍動。繼而是躡手躡腳賊也似地溜下床來。M這時才敢定睛注視睡在同一張床上的女人。女人正好側面向外：寬闊的額頭、高聳的顴骨，好熟悉的一張面孔。一剎那M陡然記起了要去拜訪的多年不見的老友。正當此時，女人惺忪地睜開了一雙睡眼。

「呀！你已經起來了？」女人呢喃地說：「昨晚夜半到的，怕把你擾醒，叫守夜的門房替我們開的房門，幸虧你沒在門內扣上鎖鏈。你睡得像死人一般，大概什麼都沒有聽到。昨晚在這裏的走廊裏，你猜我遇到誰？遇到前年跟你爭辯廢氣處理問題的那位蛋頭教授。他是哪個大學的來？他的將廢氣排向高氣層的建議，這兩年倒是實現了。你不見如今工廠的煙囱都高得看不到頂了。現在的空氣不是比以前強多了？溫室耕作法也在擴展中，不然怎麼一年四季都可收到這麼多的瓜果？水也清純了，那是這些年來廢水處理的得法。就是游泳池中的水也清得使人再也不想爬出來。聽說你們去聽了昨晚的音樂會。我本也想去的，可惜錯過了機會。看了報上的報導，才知道是她主唱的。你知道她是誰？是你的一位老友。你知道嗎？你當然不會知道。因爲她改變了髮型，改變了體型，也改了名字，所以等於是另一個人了。還有……」

女人喋喋地像噴泉的水沫無休止地繼續下去，M只好窘然地止住了女人的話說：「請你……請你聽我問一句好嗎？你怎麼到這裏來了？這到底是怎麼一回事？」

「怎麼一回事？」女人詫異地望著M：「你不是帶我們一起來參加會議的嗎？」

「什麼會議？」

「國際環境衛生會議呀！你每年都來參加的！」女人仍睜大了好奇的眼眸說。

「我是說你，」M囁嚅地說：「你不是M的妻子嗎？我記得我好像正要動身去拜訪M的，我們已經多年不見了。我不明白，爲什麼卻到了這裏？」

「我不懂你說什麼！」

「我也不懂！」M悲哀地說：「我不懂爲什麼一下子……噢，也許不能說是一下子，而是我坐上了一列奇特的火車就是那列火車把我帶到了這裏。地方我完全陌生，年份也不對了。你叫我怎麼能接受這樣的現實？」

女人先是望著他，然後慢慢地垂下了眼瞼。空氣凝結了好大一會兒，女人再抬起眼來的時候，眼內已閃著些淚光。

「我想，」她終又啓口說：「是你遺忘了！」

「遺忘了？」M不服氣地辯道：「人們只能遺忘過去的事，怎麼能夠遺忘了還沒發生過的事情？」

「那是因爲你太主觀的緣故！」女人反駁道：「你總是拿你自己做標準，你以爲在你是沒有發生過，豈知在別人卻早已成了過去了。難道你忘了，M不是在一次意外事件中去世了嗎？不是你親自爲他料理的後事嗎？」

「那是不可能的！M還好好兒地活著，我知道他還好好地活著！」M堅決地說。

「那又是你的主觀願望！我明白，對我們的結合你總覺得有一種愧疚的感覺，你總以爲愧對了M。其實如果M還活著，他一定高興有這樣的結果。兩個都是他所愛的人，他還能期望什麼更好的安排？」

「你弄錯了我的意思。不是因爲M，是因爲我自己。我不像M，他是那種牽了一個女人和一群孩子的男子，他有那種需要；他也遵守那種社會的傳統。我卻不是！我是一隻獨飛的鳥，你知道我受不了任何形式的羈絆！」

「我當然知道！我怎麼會不知道呢？」女人直望著M說：「這些年來，我不是時時都給你所需要的自由嗎？你要去哪裏，就去哪裏；你要做什麼，就做什麼。我從來沒有阻礙過你。我不要使你老是恨不得這一切都像是沒有發生過似的！」

「這一切明明都沒有發生過！」M堅決地說：「我不明白你爲什麼一定要說這是已經發生過的事！」

「你看，你是多麼主觀的一個人哪！只要你不如意的事，你就否定它的存在。我知道你爲什麼故意地遺忘了這一切。這實在表明了你對我是一點情意也沒有了！」

說到這裏，女人已是忍不住地啜泣起來。

這情況弄得M非常心煩，M只好放柔了聲調勸解說：「那也不是的。如果你不是M的妻子，我想，也許我也會……可是你是M的妻子，所以我從來就沒有對你……噢，那也不是的！我並不要做一個虛僞的人。事實上我也曾想過，若你不是M的妻子，我們也未嘗不可……可是，那也並不是實情，實情是如果你在嫁給M之前，或是在M去世之後……但那又是不可能的！一個是已成的事實，另一個是不可知的未來……我不知道到底有沒有把我的意思說清楚……」

「不需要說清楚什麼！事情也從來無法說清楚！」女人繼續抽泣地說：「每個人都是主觀的，每個人都從自己的主觀來看問題。只要你的情意在，一切都是可能的！可是現在你寧願遺忘了一切！」

「我沒有寧願遺忘什麼！」M仍然堅決地爭辯著：「我已經說過了，人們只會遺忘過去的事，卻不可能遺忘尚不曾發生過的未來！」

「什麼是沒有發生過的未來？」女人止住了哭泣，睜大了眼睛質問道：「你可知億萬年後的事，都已經發生了，只是你還沒有走到那一步而已！」

「是呀！沒有走到那一步，就是還沒有發生的事！沒有發生的事，就還沒有固定下來。只要發生任何一種意想不到的因素，就可以改變整個未來的面貌！」

「那又是你的主觀願望了！客觀的情況是不會改變的，因爲所有的意想不到的因素都已經包括在未來的可能性裏頭，所以未來早已是發生了。不管你的主觀願望如何，你總要走到那一步！就像你必然會來參加這個會議一樣。」

「不可能！這眞是天大的笑話！我從來沒有好好學過物理、化學，我也跟衛生機構沒有任何瓜葛。我不會去宣讀那種他媽的什麼『氫質子』的論文！」

「你又故意遺忘了你這些年來的努力。你不願提起你對處理垃圾的研究，那是因爲你的辦法沒有成功，你又受到輿論的指責，我瞭解！可是你不能否認最近幾年你對氫質子的研究。不管你怎麼說，我準知道明天你一定會去站在宣讀論文的講壇上。」

「不可能！不可能！」M激動地說：「對這個題目我一竅也不通，我怎麼能去宣讀這樣的論文？這不是白白叫我去出醜現眼？我是絕對不會去的！」

「可怕！你眞地把這一切都忘了！我知道，是由於我的過錯。如果我不曾堅持結婚，你仍然是一個自由的人，便不會讓你落到這步境地。可是這一切都是注定了的，要發生的事，遲早都要來到。」

「我絕不相信這樣的話！」M激奮地說：「我是我自己未來的主人。只要我自己決定，我就會改變我自己的未來！」

「你怎麼知道你所要改變的不正是已經發生了的未來？你有辦法把你的未來重複兩次？」

「我……」M張口結舌地呆在那裏。「那麼，依你說，人為的就一點也不起作用了？」

「我沒有這麼說！我只是覺得人為的也並不是一個變數。不管你是不是故意遺忘，你總要面對眞實！」

「這不是眞實的，這只是一場噩夢！未來不可能提前到現在來展現它的眞實！」

「我已經對你說過幾次，那只是你的未來，不是我們的。就算我們都是你未來的人，可是你現在已經誤撞到我們中間，你是完全孤立無援的。」

「是，孤立的！完全孤立的！不錯，我成了一個多餘的人！天哪！在這種情況中，我寧願去死！」

「死也解決不了問題！如果你還有你的未來，你便是死不了的！」

女人抿著嘴，幾近於冷酷地這麼說。

「但是我非要有決定我自己前途的自由！我不能讓別人替我鋪起一條路來，我生或我死，都握在我自己的手裏！」

臥房門輕響了一聲，M一轉頭，就見一個十來歲大的男孩站在臥房門口咬著手指注視著正在爭辯的女人和自己。

「你看！」女人冷笑地指著那個男孩說：「你總不能否認你自己的兒子吧？」

M諦視著那個小男孩，孩子長長的臉龐、一頭濃密的黑髮、腼腆的表情，像極了他記憶中的M。M忽覺一股熱流沖上他的脊背，衝進他的頭顱，立刻使他熱淚盈眶了。

「孩子！孩子！」M喃喃地說：「那怎麼可能呢？這一切怎麼可能呢？」

M呢喃著，甩開了女人抓住他衣袖的手，推開了擋在門前的男孩，迅急地奪門而出。

M向前飛奔！飛奔！飛奔！

M氣喘吁吁、汗流浹背地終於奔到他下車的那個車站。正好有一輛火車將要開動，M也來不及買票，飛身跳過矮欄，直向那一列甫行開動的火車撲去。

一陣急劇刺耳的煞車聲，M斜身躺在兩節車廂的夾縫裏，睜大了兩眼，瞪視著俯身探望的人群。

「快！快！救護車！」有人喊著。

「他好像已經死了！」有人這麼說。

可是M知道，只有他自己可以改變他的命運，他不可能死在未來！他並沒有眞死，他仍然活在人間！

迷失的湖

參天的古松魆魆地遮斷了外邊的世界，
那一彎湖水明鏡似地反照著天空的皓月，
在黑夜的翼覆下靜靜地躺在松林的懷抱中，
溫柔、安詳，
用十分母性的柔情迎接M的眼光。

已經有好多日子了，M常常夢見湖。

湖有時像一蓬朦朧的霧氣在渺遠的山嶺間若隱若現。

湖有時像一片凝滯的月色森森地閃著冰人的光芒。

湖有時像一潭渾濁的泥漿喇喇地冒著汽泡。

湖有時又像一方晶瑩巨大的玻璃鏡，懸在半空中，花啦一聲碎作千萬片，蝴蝶翼似地飄落在M的頭上。M因此在驚悚中驚醒。

醒後的M仍然悸動著，眼前仍然閃爍著晶亮晶亮的湖的屍片。那碎了的湖、那碎了的夢、那碎了的生命……是誰的生命？是湖的？還是M的？

M夢見湖，因爲在M的生活中沒有湖的影子。M的城裏沒有湖，M走過的地方也沒有湖，除了畫片上偶然見到，或聽遠行的人偶然提起，M從未見過湖。湖，也許只是M的幻想。

湖的影子在M的幻想裏滋長，一天一個狀貌，一天一種顏色，但是越來越清晰，越來越眞實。雖然仍只是夢中的眞實，卻似乎比生活中的眞實更要眞實，使得M無法不相信，湖一定躲在世間的某個角落裏靜候著他的探訪。

■

M終於步上了尋找湖的旅程。

第一天，M遇見的全是山，重重疊疊的山，險峻的山，崢嶸的山，沒有一點湖的影子。M不理會山，繼續他的旅程。

第二天，M遇到一條大河，澎湃的河水挾泥沙而俱下，流向遙遠的海洋，沒有一點湖的影子。M不理會河，繼續他的旅程。

第三天，M看見的只是一片平原。平原上鋪展著M腳下的那一條似乎無窮無盡的路。

M失望極了，心中悲哀地思忖：大概永遠不會尋找到夢中的湖了。

黃昏的時候，M卸下肩上的背包，坐在路邊休歇。M見天上的雲被夕陽染成了赤紅的顏色。赤紅的雲越聚越多，不多時，紛紛的雨點就從那赤紅的雲上墜落下來，血漿也似地澆潑在M的身上。不一會兒M發現全身都被這赤紅的雨水浸透了。M的衣服、M的皮膚、M的毛髮，刹那間都染成赤紅的顏色。M抬眼望去，被雨水浸淋過的大地也成了跟天上的雲一樣的顏色。

M這時才意會到這世界的怪異，比夢中的情景更甚。M又從記憶裏召喚前天遇見的山，山來了。M又從記憶裏召喚昨天遇到的河，河也來了。河重疊在山上，滔滔的流水飛越過山峰。山也重疊在河裏，使河水在山前洶湧激盪，不得不向兩旁繞山分流。

這時M終於又走進前天與昨天的世界，把血雨的世界放在未來去了。

M步上山頭的時候，正趕上一盤澄明的滿月擲向天空，恰恰被幾顆星子釘牢在與大地垂直九十度的座標上，動也不能動了。

M向前途打量，忽然發現一抹閃爍的亮光，隨著M的腳步忽隱忽現，竟像黑暗中窺伺著的怪獸在開闔眼睛。

M並不驚懼。在現實的世界中，M自知生命是有一個極限，只要付得起這極限的代價，便沒有任何事物足以引起M的恐懼之心。只有夢中的情境，生命暫時隱沒在幻覺裏，才會使M感到無能自控的懼怖。

約莫行了半個時辰，M走進了一片松林，眞是古木參天，路徑已經無法辨認了。M只朝著一閃一爍的亮光前進。不久那閃光忽然擴大起來，M赫然發現那是一片被松林的樹身隱蔽著的水光。

走出松林，M眼前竟是一彎湖水！

這湖水跟M夢中湖的形貌並不相似，但是除了「湖」這樣的名字以外，M心中沒有其他的字眼來稱呼面前的景象。

參天的古松黑魃魃地遮斷了外邊的世界，那一彎湖水明鏡似地反照著天空中的皓月，在黑夜的翼覆下靜靜地躺在松林的懷抱中，溫柔、安詳，用十分母性的柔情迎接著M的眼光。

「你就是我夢中的湖！」M驚歎地說。

M卸下背包，坐在湖畔，一時間倒有一種回到家中的感覺。

「我終於找到了你！」M說：「本以爲你只是我腦中的幻想，誰知道你眞正在這個世界裏！」

忽然一條魚從湖面上跳躍起來，帶起了一串銀亮的水珠，撒落在湖水上，漣漪一圈圈地向四周蕩開去，然後又恢復了平靜。原來湖裏也充溢著生命。

「我終於找到了你！」M又說：「雖然你跟我夢中的湖不多麼相似，可是你跟我想像的一樣和平、一樣溫柔、一樣美麗。找到了你，我還能再貪圖什麼？」

M打開背包，動手把他簡單的帳篷架在湖邊，然後躺在氣墊上，面向著湖水，漸漸睡去。

M夢見湖走進了他的帳篷，伸出兩臂，擁抱他，並且悽慘地對他說：「M，我迷失了道路！我本不該到這裏來的。只因我想你在尋找我，便忍不住走來迎你，就迷失了方向，走到了這裏。」

「那不是正巧嗎？」M歡欣地說：「不是你迷失了方向，我恐怕找不到你！你知道，我走回了已逝去的時光，才遇到你。」

「幸而如此，」湖說：「如果你只向未來索尋，說不定在缺雨的日子裏，我會失去了踪迹。」

「不錯！在逝去的世界裏，還有很多角落我沒有走到。我現在才知道一味在時間裏往前趕是多麼的荒謬！」

「可是找到了我以後，對你有什麼好處呢？」

「好處？豈只是好處？我是一個爲夢想而活的人。你，湖，在暗夜的松林中反照著月色的湖水，正是我追求的夢境！」

「實現了的夢境就不能再是夢境！」

「不錯！這正是我忽然領悟到的一個難題。找到了你，我就不再有夢想和希望了！」

「你若是一個爲夢想而活的人，失去了夢想和希望，生命對你還有什麼意義？」

「生命對我已經沒有意義！」

「那麼，最好我還是走開的好，是不是？」湖惴惴不安地說：「沒有我，你又可繼續尋找你夢中的湖！」

「不，別走！」M急切地擁住了湖說：「我千辛萬苦找到的怎麼可以輕易放棄？我寧願不要夢想，不要希望，也不能捨棄你！」

「那怎麼成？一個爲夢想而活的人，怎麼可能忍受沒有夢想的生活？」

「這正是我的痛苦，實現不了夢想固然痛苦，夢想實現了就失去了夢想，也一樣的痛苦，我解不開這個矛盾！」

「那麼生命對你無論如何總是痛苦的，對不對？」

「大概不錯！正因爲如此，我才想超越生命這一層障礙，我願意付出最大的代價喚回逝去的時光，跳出時間的掌握之外。爲了這個原因，我要你，我愛你！是你逗起了我的慾望，鼓起了我超越生命的力量。湖，抱緊我，湖！以你含月的水波，以你溫柔的水波，以你寒冷的水波，以你黑色的水波，抱緊我……我……我……」

在夢中，M產生了一次超乎尋常的勃起。他夢見自己的下體堅硬膨大得像一座山峰，直向湖心中插去。湖水溢滿了松林，他射出來的精子都化作了游魚，在湖中勃勃地跳躍不止。

■

M突然醒來的時候，湖水仍然靜靜地躺在那裏，月光正明，在M

的帳篷外卻影影綽綽地站了一地人影。

M最先看清的是他的父母。

「起來！」他的父親怒聲喝道：「我們大夥找了你一晚，好不擔心，你卻在這裏睡覺！」

「誰要你們找我的？」M懶洋洋地反問，卻並不起身。「你們要找我做什麼？」

「混賬話！」他的父親生氣地罵道：「找你做什麼？你離家出走，深夜不歸，黃昏的時候下了一地血雨，我們知道你是死是活？」

M坐起身來應道：「這就奇了！我是死是活，與你們有什麼相干？」

「這話就越說越混賬了！」M的父親繼續罵道：「你不是我們的兒子嗎？你要是不相干的人，你就是跳進大河裏淹死，我們也不會翹一個小指頭！」

「哈哈！好悲憫的心懷！」M冷笑道：「兒子原來是這麼與衆不同的！我倒還沒有料想到！」

「我們生了你，你就是我們的！」M的母親插嘴說。

「我不是你們的！請你們放明白！」M冷冷地說：「我不屬於任何人！」

「啊？這才眞叫忤逆！」M的父親瞪大了眼睛說：「居然否認生身的父母！那羊羔吃奶的時候還要跪下腿來，簡直畜生不如！」

「我沒有否認生身的父母，」M分辯道：「我只是不屬於你們，不聽你們的任意支配！不受你們的惡劣影響！不理你們的無理取鬧！……」

「住口！香臭不識的東西！」M的父親厲聲道：「關心你反倒錯

了?!我如果關心那座山，山也會走來謝謝我！」

「這是關心嗎?我出來尋找我的湖，你們也要管!你們也要找！你們也要跟來囉嗦！」

「笑話！好端端的一個孩子，什麼不好找，爲什麼偏偏要來尋找一個湖?」M的母親又插嘴說。

「這是我的事，不是你們的！」

「你的事就是我們的事，你不是我們的孩子嗎?」M的母親悽然地說。

「這樣的孩子我們不要也罷！」M的父親挽起M的母親的手臂來說：「全算我們沒有生養，今後他死他活跟我們都沒有相干！」

「這樣最好！」M嘟囔道。

「什麼?你說什麼?」M的母親暴出了哭聲，轉臉對M的父親說

：「他竟說『這樣最好！』」

「我就說，我們本來也沒想生孩子，還不是爲了一時高興，無意中生下他來。本來就不相干，認不得眞的！」M的父親向M的母親勸勉著。

「這才是眞話！」M認眞地回嘴說。

M的母親衝上來一步，垂著一張淚臉道：「就算這是眞話吧！可是生下你來，我們是愛你的。我們怕你飢，怕你寒，好不容易把你拉到這麼大，不想竟聽你說出這樣沒心肝的話來！」

「你說你們愛我，你們可懂得什麼叫做愛？愛是呼山山來、呼水水到的嗎？愛是要聽從你們的命令的嗎？愛是要受你們管轄的嗎？如果這也叫做愛，請你們快快把這樣的愛拿回去！」

「他說些什麼？我聽不懂！」M的母親悵然地望著M的父親說。

「這都是些混賬話！不要理他！幸虧我們還有另外一個兒子。這個兒子我們要好好地管教起來，用繩子綁好，裝在籠子裏，每天給他點涼水，聽話呢，就給點吃的；不聽話呢，就一頓鞭子！」

「不錯！就是這個主意！」M的母親贊同地說。

二人相扶相持地向松林中走去。到了松林的邊上，M的母親又回頭望了M一眼。

M垂下頭去。

■

「別難過！我瞭解你的心情！」M覺得一隻手放在他的肩上。M順那條手臂望上去，見是一個老者。定睛一看，原來是M的老師。

M站起來施禮。老者挽起M的手說：「多半的父母都是俗人，不能理解兒女的心懷。來！來！來！」

說著老者帶M到一株古松下坐地，又對M說：「你還記得我如何教你打坐養神？把精氣神聚於一體，你才有希望超脫形骸的障礙。很可惜，你沒有這種恆心，弄得半途而廢！」

「要是我有恆心呢？」M問道：「現在我又能怎樣？」

「那就會很爲不同。」老者說：「如果你眞正練到把精氣神聚於一體，你就會達到在如不在，不在如在的地步。」

「在，怎麼能又如不在呢？」M問道。

「在是一種境，不在是另一種境，」老者和悅地說：「如果你不坎陷在一種境中，自然你就會有轉入另一種境的可能。可惜你是一個坎陷的人，你對人生太認眞執著了，又如何跳得出你自己編織的困境？」

「那麼，你呢，老師？你是有修行的人了，你可曾跳出你自己的困境？」

「我也一樣沒有跳出我自己的困境！」老者笑道：「跳不出困境，正是跳得出困境。我們不同的是我不以跳不出困境爲意，所以我是自在的。你卻從始至終都在困境中奮力掙扎，才顯出你這種可憐相來！」

「你的意思就是叫我認命，是不是？叫我逆來順受？叫我不反抗任何外力？叫我不違拗命運？叫我做一個被動的可憐蟲？」

「你反抗得了嗎？如果你眞反抗得了，我倒爲你高興。可惜你的反抗，不過使你顯出一副比可憐蟲更可憐的面相！你這叫逆氣不消，順氣不來！生受無終，超脫無望！」

「我知道，老師！」M謙卑地說。

「要修煉？」

「怎麼修煉？」

「無視夜湖，回頭是岸！」老者沉重地說。

「我辦不到！老師！」M說著垂下頭去。

M再一抬頭，正好跟一位少女對上了眼光。她似乎從湖邊飛過來一般的快速。她站在M的面前，月光正照亮了她的眼睛。

「你還是一樣的年輕，」M說：「像我們第一次見面一樣，一點都沒有變！眞的，一點都沒有變！」

少女靦腆地低了一下頭，但馬上又抬起來，輕聲對他說：「可是你變了，你的頭髮已經半白了，你的臉上已經有了皺紋。」

「沒法子，人總是要老的。」M說。

「其實我也變了。經過這麼多年，我怎麼會不變呢？你說我還是一樣的年輕，你說我沒有變，不過是出於你的想像罷了！眞的，人怎麼能不變呢，經過了這麼多年？」少女歎息了一聲，又加道：「只要你再仔細看看，你就不會說我沒有改變了！」

M湊近了少女，借著月光，又仔細端詳了一番少女的臉，發覺她的確還是多年前他們初見時的模樣。

「沒變！眞的沒變！只是你的臉好白，一點血色都沒有！」

「那是因爲月光的緣故！」

「是，月光的緣故！」

就在說著這句話時，M嗅到了一種好熟悉的香氣。她仍然用同樣的香水嚒？就是這種香氣喚醒了M心中的隱痛，使他不自覺地皺起眉頭，退後了一步。

「我知道，你並不多麼想見我。」少女說。

「誰說？如果我眞不想見你，你不會輕易地來到這裏。」

「那是因爲我想見你！」

「我眞不想見你，仍然可以閉起眼睛來。不過在見你以前，我的確沒有想到你，倒是眞的。你的出現，對我是一個意外。」

「意外？眞的就那麼意外嗎？也許只是你不肯承認罷了！你不願意翻視舊傷痕，那傷口是我弄出來的。」

「沒那麼嚴重！你並沒有主動地傷害過我。如果我受過傷，那也是我自己傷了我自己。最多也只能說是你無意之傷。如不是我自己把最脆弱易傷的地方顯露出來，沒有人可以傷害我的。」

「不錯，我沒故意傷你，但你總是受了傷，不管我是故意還是無意。那時候我還不懂一個人爲了這樣的事會傷得這麼深、這麼重。我原以爲不過是碰撞了一下，過些日子，就好了！」

「那是你，不是我！」M酸澀地說：「我給了你的再也收不回來。在我的心靈裏已經缺少了這種東西，怎麼能夠就輕易地好了？」

「要是當時我早知道你是那麼當眞的一個人，也許我就不會……我可以勉爲其難地……」

「住口！」M粗暴地說：「你眞叫人噁心！誰希罕你的勉爲其難？這樣的事兒也是勉強得來的嗎？」

「你仍然那麼一身驕氣！你的自尊心總跑在愛心的前邊。我看錯了嗎？也許當時我覺得不能跟你有什麼結果，正因爲這個緣故！」

「藉口！」

「什麼藉口？事實本是渾沌的。你居心把每一個細節都理析出來，又怎麼能夠活得下去？不錯！一切都可算做藉口。眞正的原因你要聽嗎？」

「我不要聽！」M扭轉頭說。

「我早知道你沒有勇氣面對這件事！因爲太傷你的自尊心了！一個你深愛的女人，竟不肯……」

「住口！」M嘶叫道。

「你看，我碰到了痛處了是吧？」少女一半嘲弄一半憐惜地說：「這麼多年過後都沒有平復的傷痛，可見當日傷得有多麼深了！M！你不會原諒我！你永遠不會原諒我！」

「我早就原諒了你！我不原諒你又怎樣？我只會把傷口往深裏切而已。你是無辜的。我已經說過，傷我的是我自己。我不該是個那麼執著的人，所以一切不幸的因素都在我，而不在你，我永遠記著那些與你共度的日子，我把野花插在你的鬢邊……我們坐在滂沱大雨中的枯木上……那些時候，我眞感覺到我就是你，而你就是我。那種神奇的感覺一生中就有過那麼一次，然後就永遠消失不見了。因此使我感到我只剩下了半個心靈，另一半卻附在了你的身上。」

「所以我今天走來還給你那另外的一半。」

少女張開手來，可是M見她的手中是空的。

M笑道：「那一半恐怕早就枯萎了，消逝了，還不回來了！」

少女悽然道：「那怎麼辦？我不是欠下了這樣厚的一筆債嗎？」

「我是贈，不是借，所以並不是債。我只是希望你不要再折磨我，流去的時光永不再回。爲過去負責是太荒唐的一件事！我希望有一天我也會有機會背棄你！」

「你要報復？」

「不是報復，是醫治一顆受傷的心。但是你也知道，我永不會背棄你，報復的心沒有這麼大的力量。所以傷了的心終究是無藥可醫的。」

「要是你知道我也並不幸福，也許因爲我受的痛苦而減輕你的傷痛！」

「那怎麼可能呢？你的痛苦更會加深我的傷痛！」

「那麼要是我告訴你，我很幸福，也許你會因爲這種幸福是你所無法給我的，因此而減輕你的痛苦？」

「那也是不可能的！在你的幸福對比之下，只有使我更覺痛苦！」

「那麼說來你實在是個不可理喻的人！」少女怒道：「正像你自己說的，一切痛苦都是你咎由自取，與我無干！今夜我向你說明白，我們是毫不相干的兩個人！我不要看你這種自刑的面色，我不要對你懷抱著任何歉疚！你……你……你實在可恨已極！幸虧當時我……」

少女說到這裏，突然轉身向松林中奔去。

■

走在人群前頭的是M的妻子。

「你也在這裏！」M說。

「我只是跟來看看！你要是還活著呢，固然好；死了呢，我也好早做打算！」

「這說得不錯！」M說：「我想你最瞭解我的心意，我是不會再回去跟你同居的了。就算我死了吧！」

「我也是這麼想。其實對我來說，你早就已經死了。我們因相愛而相聚，愛情在的時候，我們彼此都是活生生的一個人；愛情不在的時候，我們相對都已經是死了的人！對不對？活著不就是爲了愛嗎？失去了你的愛，死了的是你，不是我，只要世間還有人愛我，我就可照常活下去；直到再沒有一個愛我的人，才到了我的死期。對不對？」M的妻子滔滔地這麼說完了，等他的回答。

「對！對極了！」M興奮地衝上去握起妻子的手說：「想不到你竟是這麼明智的一個人！我眞應該爲你的明智而愛你，可惜我自己不是愛情的主人。我們都不是愛情的主人！愛的主人，就像這湖水，深不可測。如果我們眞正明白了什麼叫做愛，什麼力量可以使我們愛，我們就不會再承擔生命，懼怕死亡！」

「你怕死嗎？我卻不怕！」M的妻子直視著M，十分勇敢地說。

「你不怕？」

「不錯，我不怕！是因爲我已經有一對兒女。」M的妻子說著從綽綽的人影中拉出了他們的一雙兒女道：「你看！我可以借他們的身體活下去，他們又可以借他們兒女的身體活下去！」

「可是這種傳遞總是有限的，總比不過無限的時間。」

「爲什麼跟時間比？你只不過是一個人，一個小小的生物，自然現象中微不足道的一環。爲什麼你要跟時間比？」

「我沒有跟時間比賽的意思，我只是爲無法超越生命的局限而苦惱。」M苦澀地說。

「這才是傻瓜！沒有一個人可以超越生命的局限，接受這樣的局限，就可以心平氣和。」

「接受了以後呢？」

「像衆人一樣地活下去！」

「爲什麼要像衆人一樣？」

「因爲你自己也是衆人！不然，你想你是誰？」

「當然我也是衆人！我的問題，我的苦惱，也代表了衆人的，否則的話，衆人也就不存在了。」

「那麼你就該像衆人一樣的沒有苦惱。即使有，也未嘗不可以爲苦惱而活！」

「苦惱也値得人爲它活？」

「苦惱也是一種人生經驗，所有的人生經驗都是生活的目的。你看我自己，我可以因有你而活，也可以爲失去你而活；我可以爲愛你而活，也可以爲恨你而活；我可以爲給你愉快而活，也可以爲折磨你而活。我可以任意找到活著的藉口。目的是爲了活著，藉口都是次要的。」

「你眞是這麼活著的？」M忐忑地問。

「不單是我，大家都是如此。這是我們眞實的世界。我們總不能終身活在幻想裏，活在尋找你的湖的幻想裏！」

「可是我尋找的並不是幻想，而是眞實！眞眞實實地存在著，你看！」M指著面前的湖水說：「不就在這裏嗎？不就在你面前嗎？你看不見這溫柔的水波？你看不見湖中的明月？你看不見這靜謐、和諧的松林之湖？」

「看不見！看不見！」M的妻子搖著頭說：「這都是你的幻想！你的面前只是一片荒地，沒有水，沒有月，也沒有松林，只是一片荒地，一片冷酷的荒地！無愛的荒地！這是你的墳場！」M的妻子雙手覆面啜泣起來。

M慢慢地走過去，攜起他一雙兒女的手親切地說：「你們說，這是一片荒地嗎？」

M的兒女搖著一雙小腦袋否定地說：「這不是荒地！」

「這裏沒有湖嗎？」M又問道。

「這裏有湖！」M的兒女又齊聲答道。

「這裏沒有月光嗎？」M又問。

「這裏有月光！」M的兒女齊聲答道。

「這裏沒有松林嗎？」M又問。

「這裏有松林！」M的兒女又齊聲答道。

「那麼這裏有我尋找的一切，對不對？我終於找到了我要的一切！可是你……」M忽然轉身對他的妻子大叫道：「你竟然說這裏只是一片荒地！你眞是個會撒謊的女人！公然地撒出這種破天大謊！」

「我沒撒謊！我沒撒謊！」M的妻子突然抬起頭來對M叫道：「

不信，我走給你看！你說這是湖水，我可以走進去，不會對我有絲毫損傷。你看著！你看著！我走給你看！」

說著，M的妻子就撇下一雙兒女，一步步地朝湖中走去。

M的兒女跟在M妻子的身後，無助地張開兩臂，開始哭泣。

M看著他的妻子一步步走入湖中，先是水深及踝，再是水深及膝，然後水深及腰，及頸，一轉眼M的妻子就淹沒在反照著明月的黑暗的夜湖中不見了。

這時M才如夢初醒似地大叫一聲，奮身跳入湖中。他突覺湖水冰涼，刺骨的涼，幾乎使他暈厥了過去。在他奮力泅泳了一陣以後，才感到湖水漸漸地溫暖起來，幾乎到了一種非常舒適的程度。而且湖水的顏色也逐漸地從墨黑化爲赤紅，一輪將沒的夕陽把天空的雲也染成了血一般的顏色。紅色的水波像無數柔軟的手掌輕輕地把他的身體托舉了起來，使他看見四周的松林也沐在紅色的光影中。湖面上籠罩了一層濛濛的紅色的霧氣，有一種細微的樂聲從四方揚起，輕柔地、和悅地、安詳地，像催眠的歌曲，使M不久就忘懷了他的父母、他的妻兒，甚至於忘懷了他自己身在何處，漸漸地閉上了眼睛，在湖水中靜靜地睡去。

鏡

M低頭看鏡的下緣，
不只是他記憶中的那一條裂痕，
而是碎下來的一片也不見了，
露出鏡後慘白的一塊襯底。
M不自覺感到心中一陣隱痛，
對鏡反滋生了一種憐恤的情懷。

M站在這座荒蕪傾圮的房屋之前，幾乎認不出這就是他住過多年的舊居。

屋頂的瓦片有多處脫落的痕迹，鄰街的窗戶玻璃也碎了，幸好從裏面用木板密封了起來。原來板壁與門窗上的油漆，早已被風雨蠶食殆盡，不僅看不出原來的顏色，而且剩下來的片片也一半蜷曲，像生了疥瘡的皮膚，汚穢窘目得只會引起人心中痲慄的感覺。

M趕緊收回了眼光，低下頭在手提袋中翻揀那一把幾經播遷幸而不曾遺失的鑰匙。他輕易地就把鑰匙搜了出來，插進那銹汚不堪的鎖孔裏，這才發現已無法轉動了。左右旋轉，試了幾次，都無能轉動分毫。M心想，只有求助於鎖匠之一途。可是在這種荒涼的地帶，在這傍晚時分，又到哪裏去尋覓鎖匠去？M又努力轉動了幾次，仍然無濟於事。在失望的心情下，M抬起腳來，向那門把狠狠一踹，不想伴隨著一響粗濁的斷裂聲，門呼拉一聲朝裏打開了。一股霉朽的氣味立刻衝鼻而出；而且有一陣窸窣的奔逐聲傳了出來，大概是老鼠一類的小動物盤踞了這所舊屋。

M走進暗沉沉的屋內，無暇細顧，第一件事就是把所有的窗門都打開。封了木板的一時無能爲力，能開的都開了，把窗外清新的空氣和餘暉仍熾的夕陽一齊迎入房中。站在最後推開的一扇窗前時，M不禁驚呆在那裏。那扇窗是朝向後園的，窗門甫一打開，映入M眼瞼的竟是一樹盛開的櫻花，烘烘蒸蒸在夕陽中燒成火一般的顏色。

自然爲什麼不會衰老的呢？這盛開的櫻花喚回了M昔日的繁花盛景。那時候這所房屋漆成了粉紅和乳白兩種顏色，就像是盛開在綠草坪上的一朵大花。可是經過了多年的棄置，如今竟蒼舊到這般模樣，與園中年年翻新的那株櫻花形成了如此強烈的一種對比！

M環視室中，見所有的家具都滿馱了灰塵。M走過去，取去了坐椅和沙發上的布罩，連同飛揚著的灰塵一起丟向屋角裏去。也不顧是否還有塵土，就把疲憊的身體擲向他原來常坐的那一把高大的坐椅裏。這時M忽然發現他正面對著昔日朝夕與共的一架穿衣鏡。

穿衣鏡自然也是罩了布罩的，可是她不管如何僞裝巧飾，M一眼就看出了她的模樣。M站起身來，朝前走了幾步，伸出手去，一把就揪住了布罩的上端，向上用力一扯，在飛揚的灰塵中立刻顯現了鏡的面容。然而M第一眼所看到的卻不是鏡，而是他自己，一個蒼老、枯瘦、面孔扭曲歪斜的男子！而且全身佈滿了蒼黃的斑點。

「你終於回來了！」

M白了鏡一眼，沒有回答。退回身，沉落在他的坐椅裏。

「我說你終於回來了！」

「這還用說嗎？我人不是已經坐在這裏？」這時M才仔細地端詳了鏡一番，發現原來所見佈滿自己全身的蒼黃斑點，不過是鏡因爲年歲的增長而結成的體斑而已。於是接口道：「看來，你也老了，你的水銀已經剝蝕得斑斑點點。」

「這又有什麼法子！在這般長遠的歲月中，沒有人看顧我，我獨自站在這裏，聽任陰涼的濕氣一寸寸地侵入我的體中，好像全身都患了風濕病。這些斑點又算得了什麼！再過些年月，你就在我這裏再也找不到你自己了！」

「那倒也好，反正每次在你這裏我所看到的自己，一次比一次醜陋！」M憤憤然地說。

「那是我的錯嗎？我顯示給你的不過是你自己的影像罷了！你本來就是這個模樣，哪能怪我？」

「也不盡然吧？」M說：「有些鏡子，照出來我的樣子就要好得多！從前跟你住在一起的時候，我當然不知道這種差別，我還眞以爲我本來就是那種難看的樣子。」

「所以那時候你的脾氣越來越古怪，越來越暴躁！」

「跟你這樣的鏡子在一起，脾氣能不暴躁嗎？你從來顯示不出我一點一滴的優點，專門暴露我的短處。」

「我只是一面鏡子，鏡子的功用不就是顯示出你的眞面目嗎？你的缺點又不是我替你製造的！」

「還說不是你製造的，我的臉是這樣歪扭的嗎？」M又瞥了一眼鏡中自己看來十分不順眼的面孔道：「我後來看到了別的鏡子，才知道我的臉原本不是歪扭的，而是你把我照歪了！」

「那當初你爲什麼買了我？」

「我也不明白為什麼當初買了你這樣的鏡子！大概是因為太年輕，不懂事，也沒有見過世面，才糊裏糊塗地買了你這樣的一面鏡子，誰知道後來越看越不舒服！」

「虛榮的人！就因為我使你看到了你自己的短處，你才把怒氣遣到我的身上來。你看，我下面，你踢的那塊傷痕還在呢！」

M低頭看鏡的下緣，不只是他記憶中的那一條裂痕，而是碎下來的一片也不見了，露出鏡後慘白的一塊襯底。M不自覺感到心中一陣隱痛，對鏡反滋生了一種憐恤的情懷。

「算了！你不過只是一面鏡子，也許我眞不該踢你那一腳！」

「踢我一腳我也不怨，只要你不一走就這麼多年，撂我一個孤單單地挺立在這所日漸頹敗的房子裏！」

「說這些做什麼？」M顯然有些不快了：「要不是你這種乖拗的

脾氣，叫人越看越有氣，我哪會跑開去？不過呢，也好。我們在一起不會有什麼好結果！你日日揭露我的缺點，當然我也看不出你的長處，終會有一天我受不住的時候，一腳把你踢個粉碎，那時候對誰也沒有什麼好處！」

「其實反不如那陣子你把我踢碎了倒好，至少不至於忍受這漫長漫長歲月孤寂的淒苦！」

「聽你這麼說，倒好像嗔怪我走開了？」

「我可也並不是不懂事理的，每個人都有追求自個兒幸福的權利！」

「你能這麼想就好，」M寬解地說：「一個人首先應該負責的是自己的命運。如果自己沒有對自己的幸福盡力而為，然後把不幸的責任放到別人的肩上，那豈是公平的！」

沉默。

在沉默中，M覺得自己的思緒在急劇地翻騰，酸甜苦辣，絞拌折衝。

「你好像仍是那種先關顧自己的人，不像我們鏡子，照出來的總是別人。」

「我不相信世間有不先關顧自己而能關顧別人的人！」

「你既是那麼關顧著自己，我倒要想知道，這些年來你到底遇到了些什麼樣的鏡子，看到了你自己些什麼長處？」

「這個嘛，」M沉吟了一下：「說來你也不一定就會明白！」

「那有什麼不能明白的？只要你肯把話說清楚，我也並不就是那麼愚蠢的。」

「我後來遇到了很多不同的鏡子。」M說：「有的比你更糟，一照就把我照得怪模怪樣，幸虧我已經有了跟你共處的經驗，碰到這樣的鏡子，只好不再去招惹她就是了。但有些鏡子的確照出了我的長處。你看，我的鼻子！」M向鏡探過身去。

「你的鼻子不錯呀！」

「還說不錯呢！在你這裏我從來就不知道我有一隻挺直的鼻子！你看，現在看來還是歪歪的！算了！反正我早已知道你的脾氣！你雖然把我的鼻子照歪了，我知道我的鼻子原是端正的，因爲有些鏡子這麼顯示給我過。」

「是了，橫豎別的鏡子總是都比我強！那你爲什麼又要回來？回到這樣破敗的房子裏來？來看像我這樣一面只會顯示你的缺點的破鏡子？」

「那是因爲……因爲……」M有些語塞地說：「因爲我要證明一

下，是不是眞是因爲你的緣故扭曲了我的形象……」

「那麼就請你看仔細些，我到底扭曲了多少你的形象？」

M闔起眼來，半晌才疲憊地說：「我想，不說你也會知道。」

「我怎麼會知道？你如今已經是這麼經驗豐富的一個人！」

「實話是，經過這些年之後，我越發感到面對你是一件十分痛苦的事。我現在才明白，在你的扭曲下，我任何長處都會變成缺點。這時候我面對的不是你，而是一個難堪的自己。你又叫我怎能廝對著一個如此醜陋的自我生活？」

M說出了這些話之後，不免後悔。刺傷了別人的感情，於事何嘗有補？

「要是原本你就並不漂亮，你應該有勇氣面對這樣的一種眞實！哪能把罪過都推給鏡子？你知道，鏡子天性就不是爲了討好別人而存在的！」

M沒料到聽到這麼重的話，一針針刺入自己的心中，不免氣忿地叫道：「誰是天生的宋玉潘安？人照鏡子的目的不過是爲了修正自己的缺點，發展自己的長處。誰料到你這種鏡子，把別人任何的修正都揭露成更爲難堪的形象。面對你這樣的鏡子，人不會再萌生任何修正缺陷的慾望，只有往醜陋裏沉淪再沉淪！好一個不會討好！你可知道嗎？不會討好，就是不知顧惜，你使人產生那種彼此不相顧惜的冷冰冰的關係，因爲你專爲揭露他人的缺陷。在別人心中如果還有一分對自我肯定的願望，便只有否定你！徹底地否定了你，才能夠從你的惡意的反照中超拔出來！你懂嗎？這就是我跑開的原因，否則便只有把你砸一個粉碎，才能使自己有勇氣活下去！」

「……」

「你爲什麼不說話了呀？」

「你走吧！你還是走吧！在這裏沒有什麼好處。我就是這樣的一面鏡子！我沒有故意扭曲你，我照不出你別的樣子，不管我多麼努力，我總也辦不到的！」

「唉！」M歎了一口氣說：「經過這麼多年，我也漸漸明白了，實在也不該全怪你。我自己原不該在你的反照中尋找自己的影像。眞實的我在這裏，」M指著自己的胸脯說：「任何鏡子的反照，都不過是一個虛假的影子而已。如果我早明白了這一點，就不會把你的反照看得那麼認眞了！」

「……」

「如果世間根本就沒有鏡子該有多好，眞正的美醜是閉起眼睛來才看得到的，是不是？完全是一種自我的修爲。要是早懂得這一點，也就不必去責怪鏡子了！」

「你看，你不是終於明白了你並不是爲了鏡子而生存的。你並不需要一面鏡子，不需要任何鏡子，你仍然可以在你自家的心田中看到你自己。」

「是呀！」M欣慰地道：「我其實回來的目的，不過就是爲了告訴你這句話。只是在沒有再看見你把我扭曲成的醜陋面貌之前，仍無法肯定我是否從自己的心田中看到一個眞正的我。」

「現在你看到了，對不對？」

「不錯！」M闔起雙目道：「我此時看到的自己才是眞正的我。這個我並沒有一定的形貌，我要他是什麼樣子，他就是什麼樣子！只可惜的是到我明白了這個道理的時候，一生也就要走到了終點，我實在也並不需要明白這種道理了！」

M這時在鏡中看到窗外的那一樹繁花正一寸寸地陰暗下去，不久就被夜色整個地吞沒了。

M返身走到窗前，向黑暗中的櫻花伸出手去。一陣微風鼓動起拉向一旁的窗幃，打在M的臉上，一股霉朽的氣味立刻鑽入M的鼻中。M閉起眼來，回想到多年前這座漆成粉紅和乳白的房屋，像一朵盛放的花朵開在綠色的草坪上。M心中充滿了無限快樂。

追鳥

M走到湖邊，
果然見一隻小船泊在湖岸上。
M立時跳上船去，
吃力地划起船槳，
費了好大力氣才搖到島上。
M棄船上岸，
直向那小木屋奔去。

天未亮的時候，M忽然被一種奇異的鳴聲驚醒。那聲音清脆、嘹亮、圓潤、婉轉。M悚然坐起身來，撩開床頭的窗幃向外窺探。在清明的月光下，見園中的梨樹上棲止了一隻碩大的鳥。那鳥全身的羽毛是雪一樣的白，拖著一條長尾，頭上聳立著一隻鮮紅的冠。因爲月光的映照，鳥的羽毛閃閃地發出一種白銀的亮光，竟如塗了一層閃光的油彩。

M不禁看得呆了。就在此時，鳥已振翅飛起，在夜空中幻成一襲耀目的白光，使M的心立刻激動澎湃起來。在M度過的生活中從沒有這種震動心弦的感覺，一時間使M的根根神經都振奮得無能抑止，一顆心追隨著漸飛漸遠的白色的鳥影，飛向遙遠的天際。

M清晨醒來後覺得小腹私處有些黏濕的感覺，伸手一摸，被褥都濕了一塊。這是M從未有過的經驗，心中產生了一種曖昧的驚恐，但立刻記起了深夜所見的那隻鳥，這時思量竟不知是夢是眞。然而腦中所存留的印象是那般清晰明確，使M無法相信只不過是一種夢境。

吃早飯的時候，M望著母親陰沉憂愁的面色，忽然說：「我想離開你，母親，你這樣憂愁的面色實在使我難過。」

聽了他的話，母親抬起陰沉的臉，望了他一眼，沒有說一句話。

吃完了飯，M就找出了一雙雖然很舊，但尚且完整的鞋子，換下了腳上露著腳趾的破鞋。然後又從衣箱裏翻出了他父親年輕時穿過的一件粗布的白襯衫，現在已經發黃了，但尚完好，換下身上已經有好幾個破洞的襯衫。褲子雖然也很舊，但是沒有破，而且沒有其他的褲子可以換穿，就只好如此。穿著停當以後，M又踅到廚房裏去，掀開鍋蓋，看見鐵鍋裏只剩下四隻尖瘦的饅頭和四個圓圓的窩窩頭，M各拿了兩隻。想了想，M又各放回了一隻，只拿了一隻饅頭和一個窩窩頭，卷在一塊破布裏，拿來掛在肩上。

M正要出門的時候，母親伸手拉住了他，用悲悽的聲音問道：「你眞地要走麼？」

「是的，母親！」

「別人的孩子都需要一個母親，你爲什麼要離開她？」

「我已經不是孩子，而且我也不是別人！」

「你才只有十五歲，怎麼能說不是孩子？」

「你從來沒有告訴我過我的年紀，我怎麼知道我有多大歲數？昨夜，我看見了一隻白色的鳥，我才知道我已經長大了。」

母親鬆開了拉他的那隻手，M就不回頭地走了。M雖然沒有回頭，可是就跟回頭一樣，可以明確地看見母親一雙悲愁的眼睛正在注望著他，心中因而滋生了一種愧疚的感覺。可是那隻白色的鳥比愧疚的感覺的力量更大，使M毫不猶豫地朝著鳥飛去的方向走去。

走了一程，M來到一處樹林的前邊。在那些高大的樹木的對比下，M發現自己異常的矮小。望望樹林裏面，幾十尺以外就被樹林擋住了視線，不知道裏面到底有些什麼，心中不免十分忐忑。可是M料定那隻鳥一定是飛進這片樹林裏去了。M既是追鳥而來的，沒有其他的法子，只有硬著頭皮走進樹林裏去。

進林以後，M才發覺並沒有什麼可怕。陽光仍然可以穿過樹葉灑落下來，到處佈滿了亮麗的光暈。就在陽光下的草叢中冒升出白色的、褐色的，以及深墨色的蘑菇。飽滿的圓形菌蓋密密麻麻地爲林中鋪起了一席花紋斑駁的絨毯，使人幾乎產生睡上去的慾望。

M很覺痛惜地踏著這些各色的蘑菇前進，腳下輕軟滑膩得幾乎沒有任何聲息。正在這時，M忽然看見一條垂下的樹枝上倒掛了一個與樹葉同色的綠色的蛹。引起M注意的是有一個黑點正在綠色的蛹上逐漸擴大。M凝神注視，並不知道那黑點代表的意義，只感到一種神祕的意趣，使M無法錯開眼光。M見那個黑點逐漸增大，一分分向上掙扎，十分辛苦。過了好多時候，黑色的形體終於脫出了綠色的蛹，先像一條濕縐的黑綢掛在葉梢，漸次地爲清風熨展，變作兩張拍動的黑亮閃光的翼，這時腳爪與觸鬚也挺拔可見了，竟是一隻碩大的黑色蝴蝶。一瞬間就朝著陽光的方向振翅飛去。

M看得呆了，不由自主地追隨黑蝴蝶飛去的方向踉蹌跟進。黑蝶以極優雅的姿勢拍動著雙翼，忽上忽下，忽左忽右。M的眼光也忽上忽下，忽左忽右。有好一程M盡力顚簸地追趕。但黑蝶愈飛愈遠，竟消失在林木的陰影中。

M用衣袖拭去額頭滲出的涔涔汗珠，轉頭四望，才發現完全失去了方向。眼前的林木越發茂密，除了頭頂上的一方青天外，四周的確透顯出十分陰暗深沉，看來太陽一定是快要下山了。M心中滋生出不安和畏怯的情緒，且感到飢腸轆轆。M拿下掛在肩上的布包，抖出那僅有的一隻饅頭和一個窩窩頭，狼吞下肚去。並不十分飽，也只好耐下。口中的渴，卻是一個難題。M尋不見山泉、小溪，只有拔些草根拿來吸吮解渴。

夜馬上就下來了，樹林裏逐漸黑暗，充滿了奇怪的聲息。M甚是懼怕，不敢四處游走，只好爬上一棵大樹的枝椏過夜。

第二天，M盲目奔突，期望走出林去，但毫無結果。肚餓的時候，就採些蘑菇、草根充飢。這樣過了不知多少時日，M走來走去，終究走不出林去。看看身上的衣服、鞋襪由破而碎，由碎而脫落，到了最後，M已是赤身露體了。幸而，很出乎M的意外，M發現他的身體上竟長出一層茸茸的細毛來。那毛是綠色的，跟樹葉和青草是一樣的顏色，M現在躲在任何草叢和樹葉間，都不會被發現出來。有了這身細毛，也不再感到夜裏的寒冷。

M幾乎已經忘掉了外出的目的，內心中只記掛著母親。他想他的母親恐怕早已經餓死了。在他的記憶中，從他懂事的時候起，就是他在照顧母親，而不是母親照顧他。他的母親不會做飯，不會做家事，因爲一種在他的心靈中不能理解的原因，他的母親終日陰沉著臉憂愁著。他雖然異常憎恨母親的憂愁，卻不能恨他的母親。他就是因爲逃避母親的憂愁而同時也逃避了母親，爲此而感到愧疚。如今那一絲愧疚的隱痛竟在他的心中逐日滋長，終至於使他的胸腔從中裂了開來，露出了一顆紅鮮鮮跳動著的心臟。

M的身體完全僵凝在一個樹椏上。從他裂開的胸腔中流出的黏液把他的體殼固著在樹上，他是一動也不能動了。M想他已經接近死亡。但是他的心臟卻仍然正常地跳動著。就從心臟那裏開始，M感覺到他的身體內有一股力量向外推出，使他內在的一部分奮力掙脫他的體殼。他幾乎無法抗拒地向外掙扎。他的根根神經都像繃緊的弦，他感覺到肌肉摩擦的痛苦，可是他不能停止。終於在極度地亢奮和痛苦中，M感覺他的四肢和頭部像脫掉一件裹緊在身體上的衣服似地從他的體殼中掙脫了出來。初時他感到一陣寒慄，但是在冷風中，他的新的皮膚逐漸冷凝，他的裂開的胸腔也又重新結合了起來。M一躍跳下樹來，低頭一看，他變成了一個皮膚黑亮的人，而他原來長著綠毛的體殼卻依然凝固在樹椏上。

經過了這種種的變化，M已經不知道自己是美是醜。一次他渾身生滿了綠色的毛，現在他又有一身黑亮的皮膚。可是他知道，這兩次變化都使他更能適應森林中的環境。因爲他的皮膚黑而亮，表面包裹了一層薄膜，既可吸收熱量，又可以抵抗寒冷，但最重要的是不容易散發水分，也就因此使他幾乎不需要喝水，只要採些蘑菇、樹葉和草根來充飢就足夠了。

說也奇怪，自從M蛻去了長著綠毛的體殼之後，M內心中的隱痛逐漸平復消失。原因M漸漸忘懷了過去的事，包括他的母親在內。如果不是遭遇到一件意外的奇事，M也就可以無慮地在森林中過著快樂的日子了。

那一天天氣非常晴和，M在飽食了一頓蘑菇和草根之後，正躺在陽光下蘑菇做成的菌床上曝曬他的已經油光黑亮的肌膚，忽然間耳中聽到一陣清脆、嘹亮、圓潤、婉轉的鳴聲。這聲音立刻使M的心激動澎湃起來，隱隱中喚醒了一種久遠沉埋的記憶。M隱約似乎看到一個白色的形體在樹的枝葉間掠過。M立刻像射出的一支箭似地飛躍追去。因爲久習於森林的生活，M現在跑起來像一頭花豹一樣的迅捷。但是不管多麼迅捷，似乎仍然沒有那飛翔著的白色形體那麼快。追來追去仍是失去了形迹。不過出乎M意外的是竟因此跑出了樹林。

M站在林邊仔細一看，並不是眞地跑出了樹林，只不過有一塊曠闊的無林地帶，遠遠望去，周圍依然被濃密的森林包圍著。在這塊曠闊的無林地帶的中央有一個湖，湖中間有一個島，島中間有一所木造的房子，房子的煙囪裏正在嬝嬝地冒著煙。M看了不禁大喜，有房子、有煙，都說明了有人居住在那裏。

M走到湖邊，果然見一隻小船泊在湖岸上。M立時跳上船去，吃力地划起船槳，費了好大的力氣才搖到島上。M棄船上岸，直向那小木屋奔去。

一推小木屋的門，竟呀然而開。裏面靜悄悄地，沒有一個人。M站在門邊，不勝詫異，這屋中的擺設好生熟悉，竟像什麼時候見過的一般。特別是窗邊的那張床，鋪著藍色的褥子，在睡了多年生滿蘑菇的土地之後，見著這樣的一張床，就是捨命也要睡它一睡。M並不遲疑，跳上床去，立刻平展了四肢，幾乎就在同一個時間，M已深深地睡去。

在睡夢中，M感覺到有個沉重的東西壓在自己的身上，M奮力掙扎，可是四肢軟弱，完全失去了力量，甚至連眼也睜不開來，只心中意會到壓在自己身上的沉重的東西是一個活物，不是一個動物，就是一個人。

M心中明白，自己遇到了夢魇。在幾經奮力掙扎之後，M終於把那沉重的物體推下床去，猛然間睜開眼睛，M嚇了一跳，原來一個生著花白的絡腮鬍的老頭正站在床前，兩眼炯炯地注視著躺在床上的M。

M忽然意識到自己是全裸的，如果不是碰到這麼一個同類，M不會產生這樣的自覺。現在那老者注視的眼光，使M再也無法掩飾住自己赤裸的身體。M很想跳起身來，逃出門去。可是M在這樣想著的時候，才發覺他的意志力跟他的動作是脫節的，就如適才的夢魘還沒有過去一般。

M臉上做出懇求的顏色，可是心中也不確保是否臉上眞正透露出任何傳情達意的表情。M心中萬分焦急，只苦於無法表現出來。正當此時，M忽見那老者彎下腰去，用嘴唇吻上了他的腳趾。M感到那人的鬍鬚搔到腳心上，奇癢無比，只是仍不能動彈。

腳趾含在老人的嘴裏，有一種酥癢的快感，幾乎使M笑出聲來。

這笑意還沒有眞正地傳達到M的全身，另一種恐怖的情緒接踵而至，因爲M意識到老人的大口已經把他的一隻腳整個地吞入口中，現在正在抓起他的另一隻腳也勉強地一起吞進。兩隻腳很快地都進入老人的口中了。老人並不停歇，繼續吞進，一眨眼的時間已經吞到M的膝蓋。M驚恐地大叫，可是並沒有聲音發出來。M見老人的面龐因吞食他的腿而漲得通紅，而且氣喘吁吁。眼看就要吞到跨下，M奮力掙扎，不幸使不出任何力氣。M感到兩腿已經進入老人的食道，腳趾也已伸入胃囊，整個的下體被裹在一種膩滑的腔道裏，就像他又倒轉來回返他早已蛻除的綠毛的體殼裏去一樣。

M無助地眼瞪瞪看老人將他的身體一寸寸吞進，每吞進一寸，都有一種既痛苦又痛快的感覺，彷彿生命就要滅絕，但卻又並不眞正滅絕，只是一種在死生之間的奪命掙扎。這時M的心魂似乎已飛離了體殼，追隨白鳥而去了。甘願趨向滅絕的自棄的快感，使M再也忍止不住，終至整個身軀化作了水漿，一發流洩進老人的胃納。

M再睜開眼睛的時候，伸手往嘴邊一摸，摸到了一把髫鬚，刺刺地扎手，口邊還流著些口涎。

M心中十分詫異，怎麼一瞬間自己已經這麼老了？

一抹慘白的街景

那門鈴不停地爆響著。

M走到門口，

把門打開，

女孩的黑色剪影框在他的門框裡，

她的背後是一抹慘白的街景。

M推開窗，看見月光正照在對街的門廊上，淡青淡青的。那門廊原是什麼顏色，M一時竟也記憶不起。

門廊裏走出一個年輕女孩，剪成帶有劉海的短短的黑髮，身上穿一襲陰丹士林的淡青色大褂，白色的短襪，黑色的絆帶布鞋，正是他幼年時女孩的打扮。

M心中不勝詫異。現今的女孩哪裏還有這種衣著打扮的？而況，白天的時候，只見那個門廊裏走出來的是一個駝了背的皺臉的老太婆。她每天清晨按時走出來，手中端一盤魚屑或肉末，去餵街頭的野貓，因此這一帶那幾隻無主的貓，時常在那一個時辰準時地跑到她的腳下來跟她相會。

M正在想著餵貓的老太婆，卻見年輕的女孩抬起臉，朝他的窗口望過來。月光適巧就照亮了她的框在黑色的布幕一般的一張雪白的臉。M心頭不禁一震，難道是她嚒？

月光下，女孩逕直地朝他自己這邊走來。過了幾秒鐘，門鈴就冷然驚人地爆響了起來。

一時間M失去了主意，不知是否該去開門。

那門鈴不停地爆響著。M走到門口，把門打開，女孩的黑色剪影框在他的門框裏，她的背後是一抹慘白的街景。

「我可以進來嚒？」她輕聲問道，聲調中帶著十分的謙抑。

M做了個手勢，把她讓進房裏來。剛要伸手去扭開電燈的開關，那女孩即時地止住了他說：「請你不要打開燈好嗎？如若你打開了燈，也許你並不認識我！」

M不解地沉默著。

「你知道我是誰！」女孩說。

「當然！」M肯定地答道。

「那麼我是誰？」女孩問。

「你是我的母親！」M說。

「屁呀！我跟你一樣的年紀，怎麼可以做你的母親？」

「我也不知道你是否就是我的母親。」M說：「我想世間的男人愛上一個女人，都是爲了不能忘懷對他自己的母親的愛，都是爲了想歸回到他原來出生的地方去。」

聽了這話，女孩大聲地爆笑起來，笑得一頭漆也似的秀髮紛紛地脫落在地，像一條條纖細的發出熒光的小蛇在地面上遊走。

M十分驚懼，立刻跳到椅上去，俯身注望著滿地遊走著的纖細的熒光，深怕會蔓延到椅上來，侵犯到他的身體。幸而那些脫落的髮，在遊走了半晌後，因尋不到歸宿，都一根根從門縫裏擠出去消失不見了。

脫掉了黑髮的女孩，靜靜地坐在窗下。因爲窗外的月光正明，M清楚地看見她並非光裸了頭，而頭上仍披著一層銀色的髮絲，好像適才不過是脫卸了一頂假髮而已。

「你頭髮的顏色，使你看來很老。」M說。

「我是很老了，」女孩說：「我不能假裝年輕，雖然我始終沒有長大，就像你一樣。你好像在遇到我以後，就沒有再成長過。不管你臉上有多少風霜，你的頭髮多麼花白，你仍是那時候的那個年紀。你沒有再長大！」

「你知道是爲了什麼，是吧？」M說：「我的生活就像有一次我做的一個夢。那次我夢見我走到台上去演一齣沒有劇本的戲。沒有劇本，沒有大綱，連台詞也沒有。我不知道我應該說什麼，我也不知道下一秒鐘會發生些什麼，可是我竟然站在台上，僵僵地站在那裏。我明明知道在黑暗中有無數觀衆的眼睛在注視著我、在期待著我，而我卻不知道要做些什麼。沒有劇本、沒有大綱，連台詞都沒有……」

「可怕！」女孩說。

「那時候我突然看見了你，」M繼續說：「我就朝向你奔跑過去，口中高喊著：母親！母親！你讓我回到我來的地方去吧！」

「太可怕了！」女孩說。

「可是你全不理會我，連看也不看我一眼！」M繼續說：「我一直向你奔跑，可怪的是我們之間永遠保持著一樣的距離，不管我跑得多麼吃力，我永遠追不上你！」

「可怕極了！」女孩說。

「幸好那只是一個夢！」M鬆了一口氣說：「夢醒後，我發現我獨自坐在一間屋子裏。窗外月光下是一抹慘白的街景。對街的門廊裏走出一個年輕的女孩，剪成帶有劉海的短短的黑髮，身上穿一襲陰丹士林的淡青色大褂，白色的短襪，黑色的絆帶布鞋，正是我幼年時女孩的打扮。我心中不勝詫異，現今的女孩哪裏還有這種衣著打扮的？而況，白天的時候，只見那個門廊裏走出來的是……」

「住口！」女孩大聲叫道：「我不要再聽這樣的故事！你不是已經說了千百遍了？」

「是嗎？」M詫異地問道：「可是我說的不是故事呀！我說的是我的生活！」

「這算是生活嗎？」女孩不屑地說：「眞正的生活是一齣沒有劇本的戲。沒有劇本，沒有大綱，連台詞都沒有。你看著！」

說著女孩就站起身來，伸張開兩臂，由低而高地唱道：「道來米……道來米發……道來米發騷……」

她每唱一個音符，就有一隻小鳥從她的口中飛出，然後從洞開的窗口投身入月光中去。

無數的小鳥都這樣飛走了！

M再也無法抑止住心中的悲慟，他衝到窗口，慘烈地對月光叫道：「還我的小鳥！」

可是他看見的只是月光下一抹慘白的街景。

畫荷

初升的旭日逐漸撒下溫和的光輝，
含苞的和半開的荷花正努力伸展開花瓣。
……所有的荷花都像是人的肢體
漸次地在情愛中達到了亢奮的頂點，
然後出神地向晴空默默地歡笑著。

M一覺醒來，忽見窗外一池荷花，在朝陽中鋪展開來，足有數畝方圓。

田田的荷葉，密密麻麻地鋪在水面上，不見一絲水光。就在這一片翠綠之中，挺立起一株株碩大的荷花，向晴空歡笑地盛開著。

池畔稀稀落落地圍了一些人。M細看，見有的支了照相機的腳架，正把鏡頭對準了池中的荷花；有的只在癡癡地呆看，彷彿全副心神已被池中這一片荷色的歡顏吸引去了。就在M的窗下，還有一群人，正在呼呼喝喝地練著外丹功。一會兒搖擺著雙臂，一會兒抖顫著一條腿，都像抽筋也似的。

這副景色，幾如夢境一般。M詫異地自問：何以會睡到這樣的一個所在來？回視室內，空蕩蕩的，只有一床、一桌、一椅，並不似M平素的家居。M細思前因後果，不得要領，也只好不去管它。

M再注視池中的荷花，頓感每朵花彷若都在對他含笑，使他不由己地開了門，奔下樓去，也站到池畔，像其他的賞荷者一樣癡癡呆呆地凝睇起來。

這時，M才發現，一張張的荷葉並非像在樓上俯望時所見的那般貼近水面，實在也是由一根細長的莖高高地支撐起來。不過荷花的莖比荷葉的更長，才使粉紅色的花朵超出綠葉之上。在荷花間，也夾雜著一些同樣高度的蓮蓬，上面的斑點使它看來像一個小小的蜂巢。蓮蓬與荷葉同色。也有幾個衰黃了的，像正等待沉入泥水中去。好看的還是荷花，不止是顏色溫馨潤澤，細看起來幾乎像人的肌膚一樣可親，而也是那種展放的姿態，說什麼都使M感覺到那是一張張歡笑的面顏。

因為荷花的緣故，一整天都使M餐飲無心，神魂顛倒。到了黃昏時分，M注意到，在陽光逐漸暗弱下去的時候，荷花也逐漸收斂起舒展的花瓣，好像經過了一日的歡樂，已經筋疲力盡，預備趁著黑夜的來臨，好好地沉睡休憩。M暗忖：荷花竟也生靈也似地生活著。

第二天醒來，窗外的荷花仍在，M才確信定然不是夢境。但何以來到這一個所在，實在百思不得其解。

M伏窗下望，見攝影者、賞荷者，仍如昨日。練外丹功的那一群，也正在伸展開雙臂，把兩隻手顫動得像兩片粉蝶，幾欲離臂斷飛而去。

M注視著池中的荷花，又被那含情脈脈的姿態吸引下樓來。這時初升的旭日逐漸撒下溫和的光輝，含苞的和半開的荷花正努力伸展開花瓣。好像經過一隻愛撫的手掌的摩挲，荷花才會恣意地舒放開自己，把每一片花瓣都伸展到張力所允許的最大弧度。年輕的如尙帶羞怯般地在開張中微微聚攏；年長的便盡情地把花瓣攤開，露出了中間鵝黃的蓮心。所有的荷花都像是人的肢體漸次地在情愛中達到了亢奮的頂點，然後出神地向晴空默默地歡笑著。

聽到耳畔嚓嚓的相機聲，M才從自己的出神中蘇轉過來，不禁也萌生了一種把荷花歡笑的面顏記錄下來的衝動。於是返身回到樓上去取相機，這才發現自己並沒有相機，不知是從來沒有，還是以前有過而現在不見了。總之，M這時非常失望。在空蕩蕩的室內搜尋了半晌，只在書桌下方的一個抽屜裏找到了一疊素紙和一枝2B的鉛筆。M暗想：既沒有相機，不若把池中的荷花用鉛筆描在紙上，豈不略勝於無？

打定了主意，又尋出一本硬皮的雜誌當作墊板來用，M就攜著紙筆走下樓來。在一株柳樹下坐定，面對著荷花細心描摹起來。

樹上的蟬聲聒噪異常，單調刺耳，不久M竟無能抗拒地瞌睡著了。M恍若沉入夢境，面前已經不再是荷花，而是那一群練外丹功的人。他們的身體都沉在水中，只有一顆顆頭顱被細長的脖頸高高地支撐在水面上，正在艱苦地朝上奮力掙扎，那情況十分離奇。

M細看時，見那一顆顆的頭顱，不是光禿禿的頂，就是白蓬蓬的髮，額上刻滿了深陷的皺紋，面頰上散佈著蟑螂翅一般的斑塊。偶然在幾張張開的嘴裏，M瞅見一堆殘缺了的黃色牙齒。原來這些頭顱都是很老的人的。雖然很老，他們仍然活著，也仍然保有了堅強的求活的願望，所以才那麼因求活而苦苦地掙扎。如不是施出全身的力量，把脖頸朝上高高地拔起，那頭顱就要沉墜到水中去了。但是令M擔心的是，一旦那脖頸拔起得過高，會不會脆折而斷，頭顱豈不是也不可避免地會跌入水中去嚒？

正擔憂中，果然一聲脆響，一顆頭顱斷跌進池水中去了。M悚然而醒，看見自己手中仍然緊握著那枝2B鉛筆，面前的紙上已經塗滿了黑色的線條。M掬在眼前仔細端詳，2B鉛筆在紙上勾勒出的黑色條紋，看來只像一些不定形的圖案，一點也不像池中的荷花。M不記得是在瞌睡中塗畫成的，還是在瞌睡前已經畫在紙上，因爲瞌睡的緣故，沒有來得及細看。

M沮喪地夾了紙筆回到樓上，決定日落再畫，免得因天氣的燠熱和蟬聲的刺耳再沉入夢鄉中去。

入夜，月色皎白，M攜了紙筆又來到池畔。意外的是M見荷花在月光下皆束瓣靜默，盡失日間的歡樂情狀。一派沉寂中，只有幾聲蛙鳴遠近應和。銀白的月光使荷苞顯得慘澹，荷葉不再是翠綠，而呈現黑色，以下完全沉入淵淵的黑暗之中，與白晝顯然成爲兩個世界。

白晝的歡顏竟像靈光乍現，白駒過隙，這月夜的沉寂卻隱含著永恆的休憩，如天地一般的長久。

M心念及此，便覺十分悵惘，返回樓上就寢。

第二天，M被窗下練外丹功的人群的呼喝聲驚醒，趕緊爬起身來。從窗口俯身下望，見那群練功的人竟然不是禿頭，就是白髮，跟他前日夢境中所見一般無二。

這時候太陽還不曾升起，荷花池籠罩在一層薄薄的晨霧之中，遠遠看去，荷花似乎載沉載浮。M興沖沖攜了紙筆下樓來到池畔，選定了一個適當的地點，坐下來畫荷。

M本無繪畫的訓練，現在是靠著一股內在的衝動，根據眼中所見一筆一畫地細描。畫了半晌，M又掬在眼前端詳，橫看豎看終不像池中的荷花，反倒……反倒……反倒像是一顆頭顱！

M吃了一驚，兩手飛快地覆蓋在面前的畫紙上，心怦怦地猛跳起來。M謹慎地慢慢張開兩手，就像手下覆壓著一個活物一般。飛快地瞥了一眼，呀！更像了！M的兩手又急忙收回到覆壓的地位。M匆忙地把這一張畫紙對半折起，夾進作墊板用的雜誌裏去。

深深地吸了一口氣，又緩緩地吐出，M在另一張紙上重新畫起。這次M十分地聚精會神，把面前歡笑的荷花一筆一畫地描在紙上。但令M吃驚的是他執筆的右手並不聽從他的指揮，而是自發自動地在紙上飛舞。東一筆，西一筆，自成圖形，完全不顧M的設計和意願。畫到後來，終又不像池中的荷花，卻越發地像一顆頭顱了。

M無奈地收起紙筆，返回樓上。

這一天，M沒有再審視已完成的作品。到了晚上，M關好了門窗，才把清晨所畫的兩張不像荷花的荷花拿來燈下細細地玩味。

第一張雖然像是一顆頭顱，但不過只是一個模糊的影子，除了頭上的一頭黑髮以外，面目並不清晰。倒是那一隻細長的脖子，纖細得有幾分像是承托荷花的莖。

第二張竟赫然是一張眉目清晰的人頭像！同樣有一頭濃密的黑髮，削瘦的面龐，挺直的鼻梁，稍稍凸起的嘴唇。最吸引人的是那一雙眼睛，直直地朝前盯視著某一點，顯出一種茫然無助的憂傷神色。承托這一個頭顱的仍是細得荷花莖也似的一條脖頸。這樣的一條脖頸，隨時都有斷折的危險，看了叫人心頭不由地浮生一股寒意。

M把這兩張人頭像夾在作墊板用的雜誌裏，關進了書桌的抽屜。

就寢時，M像平時一樣脫除了所有的衣物，拉起一條被單覆蓋上赤裸的身體。就在這時，M忽然想起了那隻執筆的右手，心中頓時萌生了一種厭惡的情緒，於是把那隻手遠遠地推出被單之外，讓它孤寒地暴露在夜的沁涼的空氣中。

然而，幾乎就在推出去的同時，那隻手立刻自動地爬了回來。說是爬了回來，是眞的用五個手指在床褥上像一隻螃蟹似地爬入被單下去了。M看得渾身皮膚發麻，立刻又把那隻手推了出去。那隻手也又再度地自行爬回，而且一直爬到M的肚腹上。如是再三，M既驚且懼，機伶伶地坐了起來。他掬起右手，見那手兀自在空中亂抓亂撓，如不是還有一條臂膀連著，竟好像要抓上M的臉面來了！

幸好M還可以支使他的臂膀，把這隻叛逆的手撐開一段距離。

M帶著一臉驚悚，注視著這隻右手。

「怎麼？一隻手竟也有獨自行動的能力？」M懍然地問著。

「……」

「你到底是何居心？我叫你做的，你不做；我不叫你做的，你又偏偏做出來！」

「……」

對他的問題，手只是沉默著。當然，M也明瞭，手並沒有腦子，也不會思想，又沒有口舌，怎麼能夠回答他的問題呢？奇怪的是，一隻手，不過是神經中樞的工具而已，怎麼可能產生如此詭異的行徑？

M注視著他的這隻叛逆的手，手仍然一逕沉默著。

M又想：「我又焉知手是不可以思想的呢？」

M反覆地審視那隻手掌，手背的顏色較深，手心的顏色較淡，五個手指細而長，該是一隻彈鋼琴的手。如若眞正習過了鋼琴，今日這隻手不經大腦的支配，就可以獨立自主地彈出奇異的曲調，倒也是椿賞心的事！

正這麼胡思亂想著，M的右臂漸漸地垂了下去，手落在了膝蓋上。不想那隻手反身一抓，在M的右大腿靠腿叉的地方，抓出了一條傷痕，血殷殷地滲了出來。

M這才覺得可怖了。

這隻不聽命的手，是什麼事都可以做得出來的！

在驚懼中，M注視著這隻一意孤行的右手，就像注視著一隻怪物。M的臉孔已爲恐懼扭曲了。M不再覺得這隻手是自己身體的一部分，一時間竟產生了一種惡毒的心思。M迅急地奔入廚房，左手驀地抓起了一把鋒利的菜刀，就要向右手猛砍下去。但右手的動作比左手還要快捷，在左手砍落之前，右手一把就揪住了左手的手腕。一向勁道及俐落都不及右手的左手，在掙扎了幾秒鐘之後，就不得不輸給右手，菜刀已經奪到右手中去了。M這一驚非同小可，一面急忙把左手藏在身後，一面利用右臂使出全身的力量把執刀的右手遠遠地撐開，使它無法傷到身體上的任何部分。在右手瘋狂地亂舞了一陣之後，才咯啷一聲把菜刀丟進水池裏去了。

M驚魂甫定，趕緊跑出廚房來，喘著粗氣把廚房的門緊緊地關上，猶如深怕右手自己再奔回廚房裏去操刀行兇一般。M這時一心都在如何想出一個計策來，制止這隻不聽使喚的右手的怪異行為。M忽然憶起在浴室中曾看見有一卷繃帶，也許暫時可以把這隻叛手捆縛起來。這次M特加小心，先使右臂把右手放在身後，不讓它看見或感覺到左手在身前做些什麼。M小心翼翼地潛進浴室，果見有一卷繃帶躺在藥櫥裏。M先用左手把繃帶解開到一個相當的長度，以俾出其不意地把右手縛住。誰知M一提出右手，那隻手立刻靈巧地執住了繃帶的一端，三五下就把左手縛了起來，動作既迅速又俐落，竟像是素經訓練的老手。

M的左手被繃帶緊緊地縛住，像是一隻呆頭鵝。右手呢，在一旁得意洋洋地顯出一副嘲弄的神態。M完全洩氣了，面對這一隻手再也不知如何對付才好。

M氣惱而無奈地盯著那隻手問道：「你到底要什麼？你長在我的身上，就該歸我指揮！你一向都是規規矩矩的，不想如今竟忽然性情大變，做出這種種可怕的事來！」M看了一眼腿上的血痕，又恨恨地道，「你看！這就是你傷的！你到底要什麼嘛？」

這隻有問題的手，忽然伸直了食指朝前一指。M順著食指的方向看去，指的竟是那張書桌。M不得已，整個身體只好順從地伴隨著那隻手走向書桌那裏去。到了桌前，手立刻自己行動起來，先拉開了抽屜，把畫圖的一疊素紙拿出來鋪展在桌上，然後就堅毅地握起了那枝2B鉛筆。M無奈，只好依隨著他右手的支使，坐在桌前的椅子上。

於是，那隻右手就東一筆、西一筆地在素紙上描繪了起來。

「你又要畫那一顆頭顱嘛？」M異常不安地問道。

手自然並不答話，只一味不停地畫下去。到了快要把一張素紙畫滿的時候，M見果然畫的又是那一顆面龐削瘦神色憂傷的黑髮頭顱。然而M也同時訝異地發現，在這顆頭顱的頂上，開出了一朵小小的荷花。不過這是一朵黑色的荷花，沒有那種可親的肌膚之色，看來十分僵冷，也不會使人產生歡笑的聯想。然而，畢竟有一朵荷花了。

M不禁提起他的右手來深情地吻了上去。手也反轉身來溫柔地撫摩他的臉頰。看來他們之間的敵意似乎化解了，雖然這隻手仍然我行我素，不聽M的支使。

畫完了這一張之後，手並不滿足，還要去畫第二張。這次M細心看它在畫些什麼。M見手先畫出了一個較小的頭顱的輪廓，可怪的是竟肌膚消溶，看來像是一個骨稜稜的骷髏！然後在骷髏頭上畫出了一朵較大的荷花。這朵荷花看來已不十分僵冷，而略略帶出了幾分生氣。

「夠了！夠了！」M打了一個哈欠，漸感睏倦不支，很想去睡了。可是手全無倦意，握緊了那枝2B鉛筆，又在另一張素紙上興致勃勃地畫起來。等這一張塗滿的時候，M驚異地看到，頭顱畫得非常小，是顏面還是骷髏已很難分辨，頭上的荷花開得卻非常大。如不留意細看，那小小的頭顱只像是承托荷花的一個蒂罷了。

這時候夜已深沉，M更忍不住哈欠連連，倦態畢露。但手卻毫不遷就，儘管M的頭已經側放在桌面上，鼻中發出了輕微而均勻的鼾聲，手仍然兀自奮筆不停。

到了黎明的時候，滿桌、滿地都是畫成的荷花了。

M悚然醒來，蒼白著臉，尚無暇細看這一夜手所完成的作品，已聽見窗下練外丹功的人群的呼喝之聲。

留戀生命的人呀，正奮力地從泥水中掙扎上來。

M蹀踱到窗前，俯身下望，在那些禿頂白髮之間，赫然瞥見一頭濃密的青絲！

M不禁愴然想道：「這麼年輕的一個人，也要那麼奮力地掙扎求活嚜？」

過關

M心中唯一萌生的念頭就是去解一條別人的鞋帶。
既然自己的鞋帶被人隨便解去，
那麼也隨便去解一條別人的鞋帶
自亦不算是一件十分背理的事。

M把護照及塡好的表格遞給櫃台後面的官員，隨即把位置讓給身後的人，自己踱到靠牆的一排椅子那邊，坐下來，抬眼流覽這一間超乎尋常巨大的辦公廳。

長方形的辦公廳，兩邊裝有從地板直通天花板的玻璃窗，可以看見外面蔚藍的天空。天色藍得刺眼，顯然日光十分明亮，雖然看不出日光照射的方向。另外兩邊是毫無裝飾的粉白的牆壁。在其中一面牆的中央有兩扇小小的不透明的玻璃門，通向外面的世界。M的眼光掃過那兩扇玻璃門的時候，恰好看見有一位旅客走近了門口，玻璃門自動地向兩邊滑開，等那位旅客通過後又在他的身後關閉起來。M沒有看清門外的光景。

不一會兒的工夫，M見那長長的一隊旅客都已把手中的護照和表格遞給了櫃台後面的官員，然後各自分散在大廳的各處。官員把面前的護照和表格堆成了好幾疊，埋下頭極端忙碌地把左邊的幾疊移向右邊，然後又把右邊的幾疊移回左邊。

M關心自己的護照和表格，因此不時地抬眼去望那處理文件的官員。那人約莫有四十歲上下的年紀，白淨的面皮，戴一副金邊的眼鏡，身穿藏青色的制服，配著猩紅的領帶，面上的表情，除了十分嚴肅與專注以外，沒有其他的迹象。

M兩手交叉，放在膝頭，很耐心地等待著。眼光從處理文件的官員移向那兩面開闊的玻璃牆壁，除了鑲嵌玻璃的鋁質窗框以外，就是一望無遺的透明玻璃。看樣子定然是時常清洗，玻璃上看不出任何斑汚塵迹。窗外是一派明朗蔚藍的天空，沒有房舍，沒有樹木，沒有街景，甚至於沒有地平線。M感覺這辦公廳好像處於一所大廈的高層，不然就像是懸在空中的一顆人造衛星。

M的眼光又移回到處理文件的官員那邊，發現他面前的文件都已不見了。M不知自己的護照和表格到了哪裏，心中開始焦灼不安起來。剛想站起身來過去就近察看，或逕自詢問那官員，忽覺自己腳上沒有穿鞋子。M覺得十分奇怪，不知何時何故把鞋子褪去的。M俯身搜尋時，便見有一雙鞋子擺在身旁，雖然看來相當陌生，但附近沒有其他的鞋子，也就只能假定是自己的一雙。M穿上一隻，倒也合腳，又去穿第二隻時，發現這一隻的鞋帶不見了。心中暗忖：定是不知哪位遺失了鞋帶的旅客順手牽羊，解去了自己的鞋帶。

這時M心中唯一萌生的念頭就是去解一條別人的鞋帶。既然自己的鞋帶被人隨便解去，那麼也隨便去解一條別人的鞋帶自亦不算是一件十分背理的事。

M站起身來走了兩步，那一隻失掉鞋帶的鞋子果然不能跟腳，每一步都要滑脫下去。M一心在尋找一雙有鞋帶的鞋子，可惜的是原來分散在大廳中的旅客已不知何時消失不見了。幸而M在櫃台下邊發現了一隻手提箱，而手提箱的旁邊赫然有一雙有鞋帶的鞋子。M不加思索地欺身前去，看看左右並無旁人，便弓下身迅速地把其中一隻鞋上的鞋帶解了下來。

雖說被人解去鞋帶的人，再去解一條別人的鞋帶，在道理上似乎亦可自圓，但M同時也意識到竊取他人的所有物已經觸犯了人間的律法。一念及此，不由得驚出一身冷汗來。M匆促地把解下來的鞋帶塞進口袋裏，急急奔回到靠牆的那一排椅子那邊，心中爲自己的魯莽行爲懊惱不已。

僥倖的是這一切過程竟未被人發覺。沒有被人發現的行爲算不算眞正發生過呢？如果算，那至少也得需要一番證明的手續吧？自然最能證明M的行爲的是M自己。因此之故，只要M自己不挺身來證明自己的行爲，在目前的情況下，似乎便沒有他人足以證明M曾解去了別人的鞋帶這一件事。而況M自己是否有能力來證明這一件事仍是一個疑問。因爲既然沒有第二個人可以證明，M解去別人的鞋帶這一件事是否只是出於M一時的幻想也很難確定。M低頭看時，果見自己那隻原來以爲失去了鞋帶的鞋子好端端地結著一條鞋帶。再來摸口袋時，剛剛解來的別人那條鞋帶卻又不見了。這能證明什麼？證明自己本來就有鞋帶，並未去解別人的鞋帶？還是證明把解來的別人的鞋帶已經繫在了自己的鞋子上？

M正在爲這一連串的思慮糾纏不清的時候，突見眼前站著那位剛才處理文件的官員，臉上依然是一副十分嚴肅而專注的表情。

「是您解了別人的鞋帶嗎？」官員嚴肅地問道，臉上全無笑容。

「鞋帶？啊！您說的是鞋帶嗎？」M顯然十分驚慌地回問。

「當然！不是鞋帶，您以爲是什麼？您可能不知道有一架隱藏的錄影機，隨時錄下這大廳中所發生的一切。」

「啊！是嗎？」M帶著慌恐的面色說：「我不否認解下了別人的鞋帶，但那是因爲別人先解去了我的！」

「啊？」官員頗不以爲然地這麼啊了一聲，接道：「您能不能證明別人解去了您的鞋帶？」

「我想……我想……」M囁嚅地道：「我需要去解別人鞋帶的這一個行動還不足以證明別人先解去了我的鞋帶嗎？」

「那可不一定！」官員搖著頭說：「可能您自己丟掉了您的鞋帶，也可能您本有去解別人鞋帶的這種癖好。被人解去鞋帶和去解別人的鞋帶，二者之間並沒有必然的關連。」

「那麼，」M忽然靈光一閃：「既然那架隱藏的錄影機錄下了我解別人鞋帶的動作，當然在那之前也必定錄下了別人解去我的鞋帶的動作。」

官員沉吟了一下，同意道：「不錯！我們不妨一同再看一遍。」說罷，官員大步走到櫃台後，按動了一個電鈕，那一面無窗的白粉牆上立刻映出了大廳的全幅面貌，好像牆上裝上了一面巨大的鏡子，恰恰把這間巨大的大廳擴大了一倍。M見有兩個人並排坐在靠牆的椅子上，其中有一個戴眼鏡的，很像M，另外一個不戴眼鏡的也很像M。M見戴眼鏡的M褪下了鞋子起身走開，不戴眼鏡的M左右張望了一眼，除下自己的鞋子，匆忙地穿上戴眼鏡的人所遺留下的鞋子，一手拎起自己的鞋子，另一手拎起身旁的一隻手提箱，輕悄地向櫃台走去。

看到這裏，M的臉完全羞紅了。

官員按止了映像，走回來對M道：「您看，我沒有誣妄您解了別人的鞋帶吧？」

「抱歉！」M說：「我十分抱歉！」

「這樣的事情不是一句口頭上的抱歉就可以了了的！」官員嚴肅地說道。

「那要怎麼辦？」

「護照！你的護照？」官員不客氣地伸過手來。

「護照？」M忐忑地說：「你還沒有還給我！」

「所有的護照都已處理完，你不見旅客們都已過關？」

M四下張望，果見大廳中除了自己和官員以外已空無一人，心中不免十分慌急起來，諾諾道：「護照原來在你桌上左邊的一疊，你移到右邊，然後你又把右邊的那一疊移回左邊。」

「什麼左邊右邊！」官員不耐煩地又伸出手來：「你的護照？」

「護照在你那裏，我已沒有護照。」M說。

「那麼你叫什麼名字？」

「M！」

「M什麼？」

「M！」

「就M嗎？」

「就M！」

「籍貫？」

「籍貫寫在護照上！」

「你自己不知道嗎？」

「我本來是知道的，但護照上寫的不一定是我自己知道的籍貫，所以我不能告訴你。」

「年齡？」

「年齡也一樣寫在護照上。」

「奇了！年齡自己也不知道嗎？」

「跟籍貫一樣，本來應該知道，但護照上的年齡是根據護照的需要填的。」

「本來應該知道？那麼說你並不眞正知道！一個人不知道自己是哪一年出生的？」

「不知道！我出生的時候還太小，小得不明白什麼叫做出生。」

「但你的父母該知道是什麼時候！嗯？」

「我的父母在我出生以前就去世了。」

「噢！」官員拖長了聲音，顯出一副十分失望的臉色。「那就怪不得！看樣子非要看到你的護照，才能知道你的身世了！」

「不錯！」M說。

官員的臉登時露出幾分慌急的表情，伸手去掏摸身上的各個口袋，然後舒了一口氣，十分無辜地說：「你看，我並沒有你的護照。該過關的人都過關去了，你遺失了你的護照，便只好留在這裏。」

「過關？」M疑惑地問：「過什麼關？」

「你不是來過關的嗎？」

「沒有護照，我怎麼能知道？」M無奈地辯道：「我想一切本都寫在護照上。你必須先找到我的護照，不然不但你不知道有關我的資料，連我自己也永遠不會知道了！」

「當然！當然！」官員同意道：「不過你得弄明白，無論如何你的護照並不是我遺失的，且不可把責任推在我身上！」說到這裏，官員的臉逐漸漲紅了，M發覺官員的眼中雜揉了一種說不清是狡黠還是威脅的光燄。「也不可對別人提起這一切！護照是自己的東西，遺失了護照是自己的責任！」

「我知道！」M無奈地說。

「知道就好！」

「沒有了護照，我不必過關去？」M幾乎感到幾分欣悅地問道。

「讓我想想看！」官員同情地說：「你看這裏已經沒有一個人，你留在這裏顯見也是多餘的。要是讓政府知道了，會立刻判決你過關去！」

「會有這麼嚴重嗎？」M忐忑地問。

「按照法律，凡是持有護照的人都有權利過關去，沒有護照的人，只能由政府判決他過關去。」

「那實在是要不得的事！」

「何況，你自己知道，你解過別人的鞋帶！」

「我可以把這條鞋帶還回去！」M堅決地立刻解下了自己一隻鞋上的帶子。「諾！就是那邊那一隻鞋上的。」M指著櫃台前擺在手提箱旁邊的一雙鞋子說。

官員聽到這裏，立刻飛奔過去查看了一下手提箱上的名字，大聲喊道：「這隻箱子是M的，那麼你解下來的鞋帶一定也是M的！」

「我可以歸還M的鞋帶！」M說。

「如果M不接受呢？」官員不表同意地問。

「你不妨問問他的意見！」

「可是M已經過關去了！」

「是嗎？」M疑惑地問：「那麼他的手提箱和鞋子爲什麼留在這裏？」

官員立刻露出幾分不屑的神氣道：「這是很容易理解的，過關只需要護照，並不需要手提箱和鞋子！」

M悲哀地望著官員，半天沒有話說。

官員十分耐心地等待著M的回答，臉上所流露出來的悲憫的表情像蠟一般凝結成一種板固的死寂。

「求求你，」M終於輕聲地說：「我能不能不要過關去？我情願接受解了別人鞋帶的刑責！眞的，我絕不逃避！」

災禍

大蛇轉過方向，
朝M衝來。
M無法走避，
只見蛇口張開處猶如一眼黑暗的無底深洞。
M不免驚呼失聲，
耳中也似乎聽到雜沓的驚呼之聲四起，
愈來愈甚。

當M發現從他客廳的地板上冒出了一枝芽苗的時候，心中是十分欣喜的，因爲他一向喜愛植物，他的客廳裏、陽台上、甚至臥房裏，擺滿了各種各樣的盆栽，大多數這樣的盆栽都並不開花，只長出或大或小的綠油油的葉子。M的看法是，這個世界並不只是給人類預備的，凡是有生命的動植物，甚至於無生命的木、土、砂、石，都有同樣的存在權利。如今，人，把大多數的動植礦物都收歸他的掌握之下，已經是十分的僭越，因此在可能的範圍之內，沒有理由不善待其他的物種。

在衆多的物種中，M特別喜愛植物的原因可能跟他的個性有關。他一向是一個特立獨行的人，不喜歡受到意外的騷擾，即使這騷擾是出於善意的，對M也會形成一種難以忍受的侵迫。天性被動的植物，如果你不去就它，它便不會去就人，正契合M的需求，因此M把植物看成知己，不但對各種盆栽都細心照料，而且時常坐下來對它們細訴衷腸。如果有人發現M在房中喃喃自語，不要認爲他在獨白，其實他正在跟他的植物對話。他的植物也會用各種各樣的方式來回答。至於是何種方式，那就只有M自己才體會得出來了。

這株芽苗自己從地板的中央冒出來，在M看來應該比任何的盆栽更要可貴，因爲它不曾經過人手的培植，完全靠了自己的力量在奮鬥成長。而且，從M的觀點來看，它並沒有破壞什麼，只會爲客廳裝點上更多的生氣。

芽苗的生長速度十分驚人，從M發現它的冒升以後，幾個小時以內，已經長成一株枝幹挺拔的小樹了。M細心地數了一下，在主幹上環繞著樹身均勻地長出了九枝支幹，每一個支幹上上下錯落地生長著九條分枝，每一枝分枝上馱著九片橢圓形的綠色的樹葉。所以，M立刻算出了這株小樹一共有七百二十九片樹葉。

到了夜晚就寢的時候，這株小樹仍在生長中。使M感到驚訝的是，原來的每一片樹葉都長成了一枝新枝，每一條新枝上又長出了九片新葉，那麼這時全樹的樹葉已經增加了九倍，該是六千五百六十一片了。如果照這樣九的倍數增加下去，不久，M想，就要成爲一個天文數字了。

原來M俯視的一枝芽苗，如今需要M仰視才看得見樹巔，離M客廳的屋頂已經相當接近。M並不憂慮，心知屋頂是結實的磚瓦，樹到了那裏必定要停止。即使穿破了屋頂，也未嘗不可造成一種奇特的景觀；何況，樹有它生長的權利，M不會爲了吝惜一個屋頂來阻止它的成長。

奇妙的是這株樹從主幹、支幹到枝葉，通體都是綠色的，而且閃著熒熒的光芒，站在其他的綠色盆栽中，猶如鶴立雞群，格外出色。M心中欣喜自不待言，深夜就寢時深深對樹望了幾眼，意猶難捨。

睡眠中，M做了一個怪夢。夢中在那棵奇妙的樹枝上，出現了一個鳥巢，鳥巢裏有兩個赤裸的兒童在嬉戲。他們一忽兒翻著觔斗，一忽兒把身體倒懸在樹枝上，動作十分靈活。正在嬉戲間，忽然有一條長蛇沿樹幹攀緣而上，不久蛇頭探入鳥巢，一口一個把兩個赤裸的孩童吞下肚去。M驚呼不及，心感無限痛惜。此時大蛇轉過方向，蛇頭朝M衝來。M無法走避，只見蛇口張開處猶如一眼黑暗的無底深洞。M不免驚呼失聲，耳中也似乎聽到雜沓的驚呼之聲四起，而且夾攙著軋軋的響聲，愈來愈甚。不久，就感地動天搖，M直覺以爲是發生了地震。

M睜開眼睛時，眼前漆黑一片，以爲自己已被大蛇吞入肚中。期望不過只是一個夢境，夢醒後災禍即自動過去。M又闔眼渾沌睡去。再次睜開眼睛，天色早已大亮，只是寂然無聲，靜悄得奇特。M確定自己已眞正醒來，探身四望，不禁失色——自家臥室的屋頂已不知去向。他的臥室的四壁只餘半截，尙危危然承托著他的眠床，卡在一棵巨樹的枝椏間，像極了一個鳥巢。M強自鎭定，細思昨日的種種：這棵巨樹，不用說就是昨日冒升在他客廳中的芽苗。昨夜就寢前，才不過長出了六千五百六十一片樹葉，不意一夜之間，葉又成枝，枝又生葉，纍纍上升，竟成如此一株彌天巨樹。不要說他的磚瓦屋頂，就是鋼鐵岩石，恐怕也難以抵擋這種生命的衝力。

M深感無奈，掙扎爬起，沿著鳥巢似的殘壁四下瞭望，發現周圍已無房舍，更無街道，舉目所見，無不是蓊蓊鬱鬱的巨樹，不見邊涯。幸好M的巢築在高枝上，才能見到天光及有較爲遼闊的視野。如若隱在低處，勢必要囚禁在枝葉的牢籠之中。

在闃寂中，M的眼光忽爲一個搖動的物體所奪，定睛細察，M才看出在另一株樹上，也有這般的一個鳥巢，一個身穿白色寢衣的長髮女子正向他的方向高舉著雙臂，意似呼救，無奈M聽不到任何聲息。M也向長髮女子的方向高舉起雙臂，大聲高呼，才發現自己也並沒有任何聲息從喉頭發出來。無望！

游目四顧，M見所有可見的樹上的鳥巢裏，都有一兩雙晃動的臂，無望地揮動著，無聲地嘶喊著。

生命中如此美好的一段時光

每一個清晨，

M都以初次發現的清新眼光注視對街另一個自己——

那個可望而不可及永遠無能觸接的自己。

每天的興奮之情也都不像是重複過的，

而都像是生命中的第一次。

在一個晴朗的清晨，M從起居室中推窗外望，見對街遙遙相對的一扇窗也剛剛打開，窗後站了一個人，與自己的衣著相仿，年紀相若，面貌也竟然酷似。

M望著那人，那人也望著M。M舉起右手友善地打一個招呼，那人舉起左手回應，竟如面對著自己鏡中的影子一般。

這奇怪的情境，使M不勝詫異。M按捺不住，背轉身離開窗口，再回頭外望，對街窗中的那人，也背轉身離開窗口，回頭對望。M於是不再遲疑，從位於二樓的公寓裏走出去，飛快地奔下樓梯，衝出大門，急趨對街的門廊。好在那邊大門洞開，M直衝入門內，才發現門內的景觀與自己的公寓大樓一般無二，樓梯上鋪的也是雞血色的地毯，兩壁原來應該是銀色的壁紙已經泛黃，而且有幾處點綴著不多麼悅目的咖啡色斑塊，好像有人曾把有色的飲料澆潑上去的一般。

太熟習的顏色，太熟習的物狀，一時間使M的興奮之情驟減，一步步挨上二樓，推開那一扇再熟習不過的門，迎接他的竟是他剛剛離開的自家的公寓！

M走過甬道，進入起居室之後，急急走向窗前外望，於是又見對街的窗口，那本該是自己公寓的窗口，仍然站著那個與自己衣著相仿，年紀相若，面貌酷似的人！

走出自家的公寓，走進對街的大樓，仍然是自己的公寓，而與自己酷似的主人卻永遠在相對的一方，何者爲虛？何者爲實？M覺得糊塗起來。

但有一件事是M忽然領悟到的，他走不出自己的公寓，不管走到哪裏，因此他也把握不住那個酷似自己的人。

這並非M的幻覺，因爲每天M都這麼走一遭，從這邊的公寓走向對街的公寓，第二天又從對街的公寓走回來。每一個清晨，M都以初次發現的清新的眼光注視對街那另一個自己——那個可望而不可及永遠無能觸接的自己。每天的興奮之情也都不像是重複過的，而都像是生命中的第一次。這樣的感覺，每次過後想必都墮入遺忘之中，於是每天都是一番清新的經驗。設若不是墮入遺忘中的話，這經驗會成爲陳腐得不易忍受的苦刑了。

這樣日復一日，使M覺得生命仍然是挺有意義的，否則便不能保證M不會從瞭望對街的窗口縱身而下，不再去追尋那個與自己酷似，或者竟然與自己一般無二的那個人——或者那另一個自己。

然而有一天，更奇怪的事情發生了。對街不但不見了那與自己的公寓大樓相似的，或者說竟然一般無二的公寓大樓，鋪展在眼前的竟是一片荒漠的大地，遼闊得足以使人的眼珠跌落出眶外也不足以盡視其遼闊之景觀，就像人類賴以立足的大地忽然不再是有限的球形，而是平直地蔓延向無盡的太空。在這荒漠的大地上，突兀地矗立著一株極高的大樹，距離恰巧使他仰視時可以看清楚樹顚，那裏一些無葉的禿枝與下方茂密的枝葉形成強烈的對比。在那些枯枝上站立著無數漆色的烏鴉。隱約中M似乎聽到烏鴉呀呀的叫聲。

如果在其他的時日，聽見這般的叫聲，M可能會覺得有霉運當頭的徵兆。但，此刻，烏鴉在這荒漠的大地上是唯一可見的生物；而況，在M此刻的思索中，倒覺得人才可能爲其他生物帶來噩運，哪有資格把自己的運道責怪到其他生物的身上去？

此時，M不但不覺得烏鴉可厭，反而感到牠們烏黑發亮的羽翼像黑色的錦緞一般美麗。

有許多烏鴉在呀呀的鳴叫聲中飛起，旋又棲止，旋又飛起，而終於結成烏黑的一群投向更為遼遠的天際，直到隱沒在澄藍色的深處，就像投入藍色的大海一般，無跡可尋了。

荒漠的大地上，如今只矗立著那株無聲的樹。

就在這時，M忽見樹下有一個白色的形體，正艱辛地順著樹幹向上爬行，爬到數尺就跌落下來，然後又再艱辛地爬著。M忍不住下樓去，走向大樹那裏，發現向樹幹爬著的竟是一個光裸的嬰兒。M站在樹下，嬰兒恰巧又再度跌落，這次不偏不斜地正好跌落在M的懷抱中。

嬰兒在M的懷抱中不停地扭動著身軀，裂開一張無齒的嘴凶猛地大哭起來。M懷抱著啼哭的嬰兒，先是有點不知所措，後來便堅定不移地把他攜回公寓，心中萌生出一抹為人之父的溫馨。

回到公寓，M把嬰兒裝進一隻原來盛菜的竹籃裏，小心地墊了柔軟的毛毯。可是，嬰兒不睡，不食，只一味地哭啼。啼聲愈來愈像烏鴉的鳴叫，呀呀呀呀……使M頭痛欲裂。M從臥室逃向起居室，從起居室逃向廚房，又逃向浴室，都無法擺脫呀呀呀呀烏鴉似的哭聲。M用兩手堵塞住耳洞，仍然無濟於事。他終於忍受不住，只好向外逃去，希望擺脫掉這樣的哭聲。但是，不幸的是，嬰兒的哭聲好像黏牢了他的耳鼓，始終縈繞在他的耳畔，再也拂拭不去；不管M跑出多遠，哭聲仍然跟在那裏。M幾乎要發起狂來了，瘋人般在那荒漠的大地上奔跑著。在無計可施之餘，M只好再折返自己的家門，猶豫著是否應該進去。這時候門卻自行開了，嬰兒的哭聲也嘎然停止。出乎意料之外的是門後還有同樣的一扇門。轉眼間那扇門也自行開了，又出現另外的一扇。一瞬間，無數扇重重疊疊的門戶都一一地在M的面前打開，M才知道他要進入的是永遠也進不完的門戶，而他是永遠站在門外的那個人。

忽然，有一道澄澈的光芒從遙遠的洞開的門裏投射出來。在這純淨的光輝裏，M看見他所拋棄的那個啼哭的嬰兒正慢慢地向他爬行過來。他不但不再啼哭，臉上反而浮現著童稚的笑容。

一霎時，M張開雙臂，心中體驗到生命中從未有過的如此美好的一段時光。

迷途

奇怪的是不再尋找什麼，
不再期待什麼之後，
他的心境反倒逐漸地平復下去，
也漸漸遺忘了他本來要尋找的是什麼，
甚至記不起來他叫M還是N，或者是S或T。
總之，如今他心中滿快活地活著，
其他一切什麼都不重要了。

到了城市的邊緣地帶，再往前行就是郊野與起伏不定的山丘，展眼望去，一片蔥鬱的綠色，上接蔚藍的天空，令人呼吸順暢，精神清爽。M不知如何會走到這裡來，心中想著：人們何以不疏散到這天大地大的遼闊空間，卻寧願擠居在狹隘的城市中？M很想繼續往前走，可是不行，他有所牽掛，他也是寧願擠住在狹隘的空間中的動物，於是立刻回頭，遵循原路走回城市中去。

M記得要趕去詔明路上的一家戲院，他應該開車載妻子和小孩到那家戲院跟另外兩個朋友的家人會合，一同看下午場的演出。妻子告訴他，已經訂好了座位，而且連停車場的車位都預訂了，他記得25號和47號，第三個號碼忘掉了。記得兩個號碼足夠了，他想，橫豎不停在25號，就停在47號，他不會是最後到的一個。妻子一向精明幹練，不但家中整理得井井有條，對外的交際也一肩承擔，朋友們都認爲M

是前生修來的福。他們，啊，他們是只知其一……跟妻子，他從來就是一個命令，一個動作，不會違逆「內旨」。詔明路，是的，必須找到詔明路，可是詔明路在哪兒呢？

他現在是步行，他沒有想到要去開車，他一心只想先找到詔明路再說，不然如何去得成戲院，看得成演出？城市總是很熱鬧的，街上充滿了車輛和行人，商店林立，可是被密密麻麻的招牌遮住了望遠的視線。M猜想，從他腳下的這條街左轉另一條平行的街道可能就是詔明路。等他轉到那條街上，卻發現並不是。於是他又想，那必定是右轉另一條平行的街道了。真巧，他不用走到街口，在他眼前就有一條暗巷通往右轉的街道。這條暗巷雖然窄得只能容兩人並肩而行，兩旁居然也都是小小的開敞的店鋪。其中有一家的玻璃櫃中擺放著各種瓷器，有一隻巨大的青花瓷盆，十分招人眼目。M心想妻子一定喜愛，如果購買下來，請朋友吃飯時可以調拌生菜。但是只不過想想而已，他看過幾眼也就走過去了。等他走出暗巷到了另一條街上，才發現門牌上的街名是詔列路，而非詔明路。如果帶了地圖就好了，平常他外出都有攜帶地圖的習慣，爲什麼這時，這關鍵的時刻，他偏偏沒有地圖在身上呢？他自己也不明白。M只好去問路上遇到的人，那人說向右下一條街就是了。M再轉到右邊的下一條街，卻發現仍不是詔明路。M心中不免有些慌張了。他再開口問人，那人竟用他聽不太懂得方言回答他，使他感覺到言詞中蘊含著對他明顯的排拒。他不免意識到在這個居住了多年的城市中他仍然是一個陌生人。

M開始感到沮喪。找不到詔明路，不但看不到演出，而且見不到他妻子約好的友人。最恐怖的是，連他的妻子和孩子都看不到了，因爲這時他才意會到他忘記他的家在哪裡了。因此他必須非要找到詔明路不可。他繼續轉到下一條街，仍然不是詔明路，再下一條，還不是……天哪！詔明路竟從這城市失蹤了！但也許……眞不敢如此想，也許根本沒有詔明路！

怎麼辦呢？街市依然熱鬧，人聲依然鼎沸，但沒人可以幫助M找到詔明路。在慌急中，一輛駛來的公車差一點就撞在M的身上。M舉起拳頭，狠狠地朝公車搥了一拳，但公車並不理會，從他身旁疾駛而去，自己的拳頭卻痛得不行。M用另一隻手撫慰著這隻受到震痛的手，卻感到肚子咕咕作響起來，一摸口袋，沒有錢包，也沒有一分錢在身上，只好繼續走下去。他又走了一段路後，在街旁看見一隻垃圾箱。M低頭檢視，竟發現有半塊丟棄的麵包。M喜不自勝，毫不遲疑地檢起那半塊麵包，狼吞虎嚥地吞下肚去，喘一口氣，雖然沒有吃飽，可總算減輕了些飢餓的感受。又走一段路，在另一個垃圾箱裡，

M發現人家丟棄的空紙箱，他撿出來，心想撕開後就可做爲在任何地下道中睡覺的眠床。

這時M似乎忘掉了尋找詔明路的初衷，只茫無目的地朝前走去，趔趔趄趄，搖搖擺擺，三步一停，兩步一頓，不成步伐。遠遠地，有一次，M忽然似乎看見他的妻子穿過斑馬線到路的另一邊去。M朝前急走了數步，舉起一臂，張開嘴巴，好像要大聲呼喊的樣子，可是什麼聲音都沒有叫出來，他舉起的手臂就已綿綿地垂落下來。他腦中閃過了妻子暴怒時的嘴臉，是他永遠不想再看到的一種扭曲的，醜陋的嘴臉，一剎時使他失去了前行的勇氣。他曾經極努力地工作，供應一家吃穿，但精明幹練的妻子並不滿意，認爲房子沒有別人的大，衣服穿得不夠光鮮等等……時不時地對他發起飆來，活像一隻母虎，亮出尖銳的牙齒和血紅的口舌，這景象實在夠恐怖的。再說呢，他也累了。這樣茫無目的的走著反倒感覺輕鬆快活。

不久他的頭髮因爲久未梳洗而虬結起來，滿臉長出蓬亂的髭鬚，衣服也又髒又破了。形貌的改變即使熟悉的人恐怕也難以認得出他來了，他成了這個城市的一個眞正的陌生人。奇怪的是不再尋找什麼，不再期待什麼之後，他的心境反倒逐漸地平復下去，也漸漸遺忘了他本來要尋找的是什麼，甚至記不起來他叫M還是N，或者是S或T。

總之，如今他心中滿快活地活著，其他一切什麼都不重要了。

M的旅程檔案

M的旅程	一九八四年二月初寫於台北 一九八四年三月十日發表於《中國時報・人間副刊》
遺忘	一九八四年八月二十七日寫於香港 一九八五年一月發表於《聯合文學》第3期
迷失的湖	一九八四年九月三十日初稿於英倫 一九八七年四月二十六日修改稿 一九八七年七月一日發表於《當代》第15期
鏡	一九八五年九月二十八日發表於《中國時報・人間副刊》
追鳥	一九八六年五月發表於《聯合文學》第19期

一抹慘白的街景	一九八六年九月二日發表於《聯合報副刊》
畫荷	一九八六年夏完稿於台北市植物園 一九八六年十一月發表於《聯合文學》第25期
過關	一九八七年八月發表於《聯合文學》第34期
災禍	一九八九年夏完稿於溫哥華 一九八九年八月二十二日發表於《聯合報副刊》
生命中如此美好的一段時光	一九九九年七月七月九日修正稿於府城 二〇〇三年三月十日發表於《中國時報・人間副刊》
迷途	二〇一〇年七月七日完稿於維城 二〇一〇年九月十五日發表於《中國時報・人間副刊》

延展夢境碎片；折射人生冷光
——解讀馬森《M的旅程》

羅夏美

提要

筆者初讀《M的旅程》，自然聯想、閃現夢鏡碎片的殘存印象；推測作者的創作靈感可能來自其夢境、夢魘的吉光片羽；旁證其劇作文論，發覺作者也早有非寫實的創作意識。因此，本文從這些非寫實的印象、推測及旁證出發，著手思索、解析本書的結構及用意。發現《M的旅程》在全書的大小結構上都顯現出非寫實的特點：小說背景不論是故鄉舊居、國際都市、或是幻象式的場景，都雜糅、穿梭在過去現在與未來之間；且在地景設計上極度簡化其物質性，而強調其虛擬性質，使時空背景奇幻化，成為主角心象投射的抽象場域；主角恆常漂泊於虛幻的時空中，沒有姓名、只有代稱符號，作者刻意省略或抹除主角在社會位置上的明確痕跡，使他成為抽象化的「人」的表徵。這奇幻時空背景及主角模糊社會位置的結構設計用意，應在迫使讀者放棄寫實主義的閱讀成規，轉而聚焦於挖掘主角既抽象又具普遍性的人生困境上。

本書是本虛擬的、另類的旅行書寫，因此，本文接著援用波特的旅遊文學論點解析其主題：M的旅程啟始於逃逸——從故鄉窒塞的政治、生活氛圍中，從各式情感的牽絆中逃逸；而將旅程的目標訂定於追尋自由與夢想。主角在奇幻的時空中，與一連串反烏托邦的、負面的地景與人物質詰對話；顯現出他主體認同的游移和危機。作者藉著主角主體的游移提出自由／溫情抉擇的兩難、自我價值／世俗價值的衝突、生命何去何從的猶疑難決……等人生難解的大問題。M旅程所見的自身或他人所裂／異出來的每一個「分身」或「異類」，都是M心象的投射，成為旅程中怪異另類的風景。作者也藉著M與這些裂／異軀體的辯證交鋒，探討人性的冷酷與憐憫、倫理的重負與擺脫、環境的制約與主體的自由……等抽象而根本的人生問題。而人生如人飲水，冷暖自知，小說主角主體不斷游移、角色軀體不斷裂異，沒有提供問題的正確答案。這面作者所陶鑄的荒謬「夢鏡」，曲扭卻清晰的折射出的是作者人生困境思索的、偏冷調的光。

小說的素材可能來自夢境碎片；小說的功用在於折射人生冷光。至於作者如何將夢境素材「延展」成小說創作，本文則從超現實拼貼、後現代互文、及作者的「腳色式」人物自剖獲得思考角度，挪用這三個觀點去檢視本書技巧的形式及意義。作者使用超現實拼貼技巧，超越了外在現實的表象描摹，並置現實所見、夢境視域與荒謬異象……，使小說想像更顯離奇，釋放出潛意識的非理性力量，創造了角色的內在心靈意象。作者運用瑰奇的想像力拼貼延展出的層層荒謬異境，及經由理性的書寫程序而創造出來的非理性張力，令人印象深刻。作者也使用了後現代互文技巧：「人物的互映延伸」使某些角色在不同篇章的對照下，獲得較豐滿的變化及互補；「時空的錯位失序」因疊複互見的時空翻轉了傳統的寫實遊記、線性情節及時空邏輯；「文本的內訌與塗鴉」使語義、景象、文本充滿歧義、矛盾、逆轉的可能性。這些互映、交錯、矛盾、充滿不確定性的互文手法，使小說形式繁複而內容耐讀。小說中人物的設計也自創一格，書中主角、「腳色式」人物、「親人／異類」、「擬人化的物」等四種人物設計，成為主角／作者心象的抽象化投射。逸出寫實人物成規，而成為作者的創作特色。

前言

在馬森的眾多創作中，《M的旅程》風格殊異，與其他劇本、散文、小說不類，引起筆者特意探討的興趣。

展讀《M的旅程》之後，不禁喚起種種光怪陸離、支離破碎的夢境回憶。薛偉的「魚身夢幻」為人傳寫數次[1]、蘇偉貞的《夢書》摻雜一年六個月間的日記與夢境而成（一九九五）……，推測作者的創作靈感，當是來自其夢境、夢魘的吉光片羽。作者再運用其想像力及其理性，將現實人生與夢境碎片加以黏和、揣鑄、延展而成小說創作，藉以探討種種抽象而基本的人生困境。夢境如此詭異，作者對這些困境的態度又如此苦思愁悶，遂使小說呈現出荒謬而掙扎的基調。展讀全書，如鑑照一面由夢境碎片延展而成的「夢鏡」，曲扭、詭奇而迷人，折射出作者人生困境思索的、偏於冷調的光。

《M的旅程》全書由九個可各自獨立的短篇集結而成，寫作年度橫跨一九八四年至一九八九年五年之間，而於一九九四年出版。黃碧端的書序曾以「愛的變形記」

[1] 《續玄怪錄》、《太平廣記》、話本〈薛錄事魚服證仙〉、日本《雨月物語》〈映夢之鯉〉等，參見張錯，一九九五。

為本書下了總結（一九九四），此說誠然。對所謂「愛」的思索是小說鮮明的主題之一，「變形」也是小說顯見的技巧。但若細較之，全書九篇中，僅有兩篇較大比率的使用變形技巧，其餘七篇多半與之無涉；而且，M在旅程中所追索的問題歧出於「愛」者尚有甚多。吳海燕曾以「異化論」解讀本書（一九九四），就作者習用的資本主義工業社會批判主題[2]而言，這種論點頗為貼切。但小說大篇幅的衝決寫實藩籬、充滿想像力的荒謬異象，旅人對外在世界的探索與自我內心的挖掘之間的辯詰對話，及其奇異另類的形式……如此惹人注目，實是詮釋小說時不容忽視且值得深入探究的問題。

因此，本文擬從作者非寫實的創作意識出發，探討小說的時空背景及主角社會位置的設計樣態及用意；接著進入到旅人M的夢魘旅程，援用波特（Dennis Porter）的旅行文學論點，希望釐清這一另類的旅行書寫，如何處理旅人與地理、旅人與他者、旅人與自我之間關係的複雜面貌；而後，超現實拼貼（collage）、後現代互文（intertextuality）、及作者獨幕劇「腳色式」人物設計的自剖，提供給人解讀小說奇異形式的思考角度，筆者將據以分析本書技巧的形式及意義。

[2] 如《孤絕》的〈孤絕的人（代序）〉、《生活在瓶中》、《海鷗》的創作意識等。

一、奇幻時空、模糊的社會位置

展讀《M的旅程》，讀者難免聯想、閃現夢境異象的浮光掠影。《M的旅程》在全文的字句修辭、角色定位、時空背景、敘說描寫……等大小結構上，都顯現出非寫實的特性。作者刻意營造超現實的、奇幻的、模糊的文本，避棄現實反映而挖掘主角的內心荒原。作者在一九七六年闡釋其劇作的文論中自剖道：「內容決定形式，形式也決定內容，在寫實之外另闢蹊徑，意不在對傳統的鄙棄或反抗，而是意圖豐富既有的傳統。」（《腳色》，頁二八至三〇）參照可知《M的旅程》採用非寫實結構的創作用意。

小說的時空，大多故意抹除所有能讓人明確標識的細節。作者參差並置過去、現在與未來；或將地景簡化、孤立化、幻象化，營造奇幻效果。比照作者〈腳色〉、〈在大蟒的肚子裡〉、〈花與劍〉（《腳色》）等劇作，可見小說的時空背景類同於其非寫實戲劇舞台的佈景：簡化其物質性，強化其虛擬性，使之成為角色在其中凝視、質詰、浮游以追尋自我的抽象場域。這種奇幻效果的營造，使得時空背景成為小說主角心象的投射，也使讀者能順滑地落入小說超現實的敘事氛圍。

全書的時空背景大別有三：一是故鄉景象：如〈繭人與蜘蛛〉裡，主角回到時間不明確的故鄉，地景荒涼破敗；〈鏡〉的場景也是主角回到時空模糊、荒蕪傾頹的舊居；〈一抹慘白的街景〉裡，背景設在慘白褪色的幼年居所，時間並置幼時與現今。二是國際都市：如〈遺忘〉裡整潔而冷硬的未來都市——S市；〈過關〉中未標明時間的，透明而高懸的巨大辦公室。三是幻象式的時空：如〈迷失的湖〉裡，主角跨越第一天的山景、第二天的河景、第三天的血雨，回到旅程初發日，與迷失的夢幻之湖相遇；〈追鳥〉中脫越時空的太古魔林；〈災禍〉裡超現實的巨樹與鳥巢居所……，小說的時間指標失去意義，空間荒謬疏離，使主角如同漂浮在一場場奇幻不實的夢境中，展開他的非現實旅程。

小說主角多漂泊於模糊時空中，沒有確定姓名，只有代稱符號，也不確定其在社會中所處的位置。他經常不知身在何所？「我是誰」？

如〈遺忘〉中，M莫名地置身不知目的的火車上，不確定自己存在的年份時日、工作性質、婚姻家庭狀態……；〈一抹慘白的街景〉裡，M覺得處在時空錯位失序的舊居，不確定自己與古裝少女的人際關係；〈過關〉中M甚至不能確定他的姓名、籍貫、年齡、出生年月……，整本小說中，作者刻意省略或抹除主角在歷史、政治、經濟、階級、工作、人際、貫時文化傳統、共時生活狀態……社會位置的明確痕跡，使主角成為抽象化的「人」的表徵。這樣的模糊設定，其目的應不在於使讀者產生辨識上的困難，而在於解除寫實主義式的閱讀成規與評判基準，使小說解讀聚焦於挖掘主角既抽象又具普遍性的人生困境上。

二、逃逸與追尋、游移的主體、裂／異的軀體

論者多指出馬森文藝創作中常見「異化」及「存在主義」的主題[3]，這本小說也不例外[4]。此外，《M的旅程》雖非作者的實際行旅，沒有明確的地理標記，也非習見的旅遊文學形式；但小說既以「旅程」命名，又一如《西遊記》或《奧德修斯返國記》一般，有著旅遊書寫必備的追尋主題、反烏托邦式的夢幻人生風景，及角色行旅中的自我探索；因此應可比照旅遊書寫的閱讀成規切入解讀。旅行書寫的目地不外知識與怡情。旅行文學評論家波特（Dennis Porter）進而指出：「旅行文學除了記錄旅程的地景、經驗外，更重要的是論述作者的自我主體（subjectivity）探索及其與外在世界挖掘之間衍生的辯詰對話。」（頁五、三三）（宋美瑋，頁五），藉此建構自

3 參見馬森，〈孤絕的人（代序）〉，頁二至二三；吳海燕，一九八九、一九九四；白先勇，一九八四，頁八；龍應台，一九八四，頁三八四等。

4 「異化」論參見吳海燕，一九九四；「存在主義」參見《M的旅程》，頁一一二。

我，尋找新的主體位置。《M的旅程》非作者的實際行旅，而是作者虛構的主角M的虛擬之旅。旅程中，抽象化的旅人M其自我內心與奇幻世界之間有何辯詰對話？作者如何藉此行旅演示及剖白角色的主體建構？讀者又可經由這些詭奇的夢境遊歷浮光掠影中鑑照到哪些人生面向？

逃逸與追尋是這本小說極顯見的主題，此主題亦見於作者的其他作品中，較為人習知的例子便是《夜遊》。誠如作者的評論文字所言：「逃亡是追求個人自由的必經之路」（二〇〇一）。

〈繭人與蜘蛛〉中，「我們的家鄉既不准你做這，又不准你做那，最好的法子就是什麼都不去做！」（頁三四），M的母親因而「繭居」，父親因而成為蟄據一隅的蜘蛛，M逃脫了故鄉的政治禁制，離棄了父母劃地自限、避世棄世的生活形態，外出東西闖蕩，決意「用我自己的辦法活！」（頁三六）；〈遺忘〉裡，M為了逃脫受友情愛情親情羈絆的「家室型」人生，不惜飛撲火車，企圖自殺，因為他要有「決定我自己前途的自由」（頁六六）；〈迷失的湖〉中，M從父母、女友、妻子的情感牽繫中脫逸而出，外出尋找他夢想的湖；〈追鳥〉裡，M逃離了母親悲愁的顏面，遁入森林追尋自由的白鳥……。M屢屢從故鄉窒塞的政治、生活氛圍中逃逸，從各式情感的牽絆中逃逸，擇善固執、奮不顧身地追尋他的自由與夢想。

M的旅程啟始於逃逸，目標訂定於追尋自由與夢想。那麼，旅程中M與行程所見的地景、人物、文化、社會……有何對話交鋒？主體有何建構或移轉？旅程結束時是否有何啟悟或收穫呢？

在〈迷失的湖〉、〈遺忘〉中，M離棄了朋友、妻子、孩子、父母等一切人情的羈絆，逃脫了傳統的倫理道德情感枷鎖，執意追尋個人的獨立、自由與夢想，這裡的M，稟持著堅定不移的個人主義中心主體位置；在〈追鳥〉、〈一抹慘白的街景〉中，那顆裂露開來的心臟和那個古裝少女，明示了M對母親懷著強烈的悔咎和深遠的依戀，這裡的M，拉鋸於自由追尋與溫情牽繫間，顯露出主體易變和游移的屬性；在旅程的啟首〈M的旅程〉篇中，作者描繪出噩夢似的故鄉及其群眾，他們禁閉窒悶、習於苦難，以致冷眼嘲觀外出追尋生路者；這些遊樂場機器人、石下人、繭人、蜘蛛、圍觀的群眾等，他們的生活認知和人生哲學與M迥異，M先前還為此與鄉眾一再批評辯詰，但在旅程的結尾處，M隨眾人注視著等同於其身軀的騾子[5]的屍體時，竟而一如冷漠於苦難、幸災樂禍的鄉眾般「覺得十分快樂」！（頁四一），翻轉而弔詭地顯示出M的主體屬性認同危機。〈過關〉篇中，M的主體更加猶疑了：M莫名地喪

5 因前有伏筆，石下人曾對M嘲以：「你不過只是一頭屋頂上的騾子，還自以為在世間有什麼體面！」（頁四一）。

失行動力，迷失前進的路（被人解鞋帶），只好隨尋他人的路走（偷人鞋帶），M的前途去向模稜不能定（M、眼鏡M、非眼鏡M？），最後M選擇不要過關，害怕未知前程而佇留原地，這裡的M，不僅無法確立自己的主體歸屬，甚至否定了旅程本身。小說末篇〈災禍〉中，M豢養著與其屬性相同的植物，放任獨立孤僻的植物獨大暴長；M一面欣喜地觀望植物的孤傲成長，一面夢想性愛毀滅性的無羈解放（大蛇吞食孩童及M的夢境）；植物終將M的居處衝決撐爆成大樹下的危巢，M舉目四顧，周遭都是孤高大樹危巢下無聲揮臂嘶喊的人。獨立孤僻、與人隔絕，是追求個人主義絕對自由的必要配備；揮臂呼喊尋求性的慰藉與人情的溫暖，又是人生必需品。在這小說旅程的終點，讀者看見的是M終其旅程也無法自解的問題——個人主義的自由與人際關係的衝突[6]。

如上所述，小說旅程的經驗多為負面：荒涼、窒悶、怪異、孤絕……，沒有美好的遠景，屬於反烏托邦形式；主角主體也是多重聲音並置：強烈企求個人主義自由的聲音、悔咎追懷人際溫情的聲音、質疑自我甚至認同他者的聲音、無法確定前途甚至

6 作者〈從集體主義到個人主義〉一文指出：伴隨資本主義而生的個人主義理念，遭遇到兩種困境，一是與集體主義倫理的摩擦，一是個人主義不能自解的問題——人際關係的惡化。這可以作為解讀小說這部分主題的佐證。

否定旅程的聲音……，沒有終極的啟悟或肯定，主角的主體認同充滿游移和危機。自由／溫情抉擇的兩難、自我價值／世俗價值的衝突、生命何去何從的猶疑難決……都是人生難解的大問題，作者藉著主角主體的游移提出這些問題，但是終究沒必要，也不可能提供答案。

小說中除了主體位置不斷游移之外，甚至主體與軀體亦不斷產生裂變。不管是夢境旅程中的人們或是主角M自身，都發生過「軀體」自「主體」（分）裂／（變）異而成並比的「分身」或對立的「異類」的情況；形成主體與自身軀體的脫節或對立，並時而發生與主體相互質詰交鋒，或互相映證肯定的情境。這種裂異的軀體，成為比夢境式旅程更另類更抽象的風景，一如奇幻時空背景一般，也是主角心象的投射。讀者進出這多重異象，不得不對作者的想像力產生驚異感。透過主角M與這些另類風景的對話，當可更多層次地挖掘出M的主體衍變軌跡。

旅程所見的人們的軀體裂異，有幾種情況：〈繭人與蜘蛛〉中，M的主體追求生活自由，父母卻是裂異為繭人與蜘蛛這兩種劃地自限、避世棄世的異類。〈繡癬〉中，女人受到時尚環境的過度刺激，使其主體喪失自我認同，竟驅使軀體裂異病變而成繡癬怪物。M無法苟同當地時尚，因而驚異奔逃。〈遊樂場〉中，「擬人類」（機器人）盲目冷漠地施行冰冷的「刺激享樂」遊戲規則，致使道德價值認知扭曲，竟驅使、施暴他人，使他人軀體裂異成為被殘虐玩樂的商品；M大為反感而驚悸嘔吐、掩面脫逃。對這兩則遊歷經驗中所見的軀體的反應，顯現M是個厭惡非理性時尚、有憐憫之心的道德主體。〈釣龜〉這篇比較弔詭，被釣的大龜父親指責兒子只會窩裡反，白養了，沒有用！兒子黯然飲泣，狀極悲切。這裡大龜父親是倫理道德主體，「大龜兒子」才是與傳統價值裂異的異類。值得注意的是M的反應：「M見此光景，非常不解。自覺身為局外人，無意在此久留」（頁十九），這是全書的首篇首節，往下展讀，才會知道M恆常抱持著個人主義自由獨立的思想，亟思擺脫傳統倫理親情的牽絆，因此，對M而言，大龜兒子是自我中心主體，大龜父親又淪為代表傳統枷鎖的異類。

M的軀體裂異也有多種形式：〈石下人〉中，M遇見與他相同軀體的石下人，它等同於受環境壓制的M的軀體，而後軀體與主體的身份認同產生混淆與齟齬，M憤而擊殺軀體，保存主體的獨一性。作者於此顯現M衝決環境對軀體的挾制與混同，奮不顧身追逐主體自由與獨立的心態。石下人看似M的分身，實是與M主體身份認同背反的「異類」；〈遺忘〉中，M的軀體在夢境郊區旅館的泳池裡悠游自適，而後泥滯在溺水惡夢中，再後又發現軀體被置放在遺忘前景又不知目的的火車上，最後為了逃脫可預見的未來的「家室型」人生牽絆，M將其軀體飛撲火車、企圖自殺，但意識卻清醒地與自殺的軀體分家，堅持個人主義現時生活，尋思改變未來命運。主體愛好游泳的自適，軀體卻常不聽使喚；主體追求獨飛的自由，軀體卻裂異成習於家累的籠中鳥，真是超現實版的人在江湖「身」不由己。溺水的軀體和裂異為十年後「家室形」的M軀體，都是與M主體願望背反的「異類」。這則夢境旅程裡的M，擺盪在主體到底能／不能擺脫環境社會的制約而自由驅使軀體的疑惑中。作者習知心理學理論，〈鏡〉這一篇，容易讓人聯想起拉康的「鏡象說」：自我認同啟始於幻象。篇中M外出多年，有了豐富的生活經驗後，回到舊居詰難年輕時「鏡」對他軀體形象的歪曲和醜化，抱怨「鏡」使他當年抱持充滿缺陷歪曲、自我厭惡的自我形象。此時的M已明瞭「真正的美醜……完全是一種自我修為」（頁一一七），M已不需他人鑑照而能自我肯定了。這裡M的軀體形象與主體認同，起始於分裂互棄，而終結於和諧共處。〈畫荷〉篇中，右臂竟獨立出來，能與M作對、作戰、化解敵意……，執拗地畫下一張張以細長頸項支撐、掙扎求活的老人頭顱；M的主體對留戀生命、掙扎求活的人們，採取冷眼旁觀、頂多是驚異卻不置可否的態度，M的軀體（右臂）卻奮力讚賞刻繪務求存活的人生；這裡M的軀體成為M的「異類」，二者互相執持南轅北轍的生命態度。〈追鳥〉中，M的主體追求青春自由，故事中M首次裂異為綠毛人，是與M自由主體互為映證的「分身」，表示為自由而適應環境；二次裂異為那顆露裂開來的心臟，卻是與M自由主體互為背反的「異類」，表示M對母親的愧疚；三次裂異為黑皮人，又是與M自由主體互為映證的「分身」，表示M擺脫對母親的情感牽念而重獲自由。

如上所述，M旅程所見的自身或他人所裂異出來的每一個「分身」或「異類」，都是與M的主體或互相映證或互相背反的生活理念，都是M心象的投射，成為旅程中另類怪異的風景。

作者藉著M與這些軀體的辯詰對話，探討自由與自囚、世俗價值與自我認同、人性的冷酷與憐憫、倫理的重負與擺脫、環境的制約與主體的自由、掙扎求存與冷眼看淡、親情的牽繫與獨立自由……等抽象而根本的人生問題，而問題依然沒提供答案。

透過這面作者所陶鑄的荒謬「夢鏡」，讀者看到的是主角主體不斷游移、角色軀體不斷裂異，沒有正確反射的人生解答；它曲扭卻清晰的折射出的是作者人生困境思索的、偏冷調的光。

三、超現實拼貼、後現代互文、心象化人物

小說的素材可能來自光怪陸離、支離破碎的夢境；小說的功用在於折射出偏於困境思索的、較冷冽嚴肅的人生面向。而作者到底運用了什麼手法技巧，將夢境素材延

展成小說創作呢？

論者多指出這本小說的變形技巧（黃碧端、吳海燕，一九九四，頁一〇），但《M的旅程》全書九篇，除了同名的第一篇與〈追鳥〉篇較大比率地使用變形技巧以外，其餘七篇（包括前提的兩篇）都是各種現實、夢境、異象的不諧和拼貼，這種邏輯失序及結構錯位的手法，衍變出新奇的視覺領域，呈現出潛意識的非理性張力。

超現實主義運動以研究人類內在心理活動的精神分析理論為根據，爾後發展出自動寫作、拼貼、自由聯想、夢的解析、謎思分析、偏執狂批判……等各種文藝表現方法。其中的拼貼法（collage），將意識清醒時所見的意象、夢境的非理性視覺意象、夜晚或閉目而視的充滿想像力意象等構織在一起；拼貼法依據矛盾不調和的結合原理，並參照精神分析法的凝縮、置換、並置等方法，試圖融合夢境／現實、意識／潛意識、肉眼感知／想像力內視……，使不同層次的內在現實與外在現實相互詮釋終至合而為一，營造出超現實的境界[7]。

7　參自吳介禎、曾長生、蕭瑞甫三文、蔡源煌，頁一九七至二〇八。

《M的旅程》即大量地使用這種超現實拼貼的手法：〈遺忘〉中，M由寫實的郊區旅館休憩，跳接到游泳惡夢，又莫名地接合到十年後的火車之旅，超現實地穿梭在現實／夢境、現在／未來、生／死之間；〈迷失的湖〉裡，M於第三天血雨場景中尋獲第一天山景中迷失的湖、爾後親人師友紛至沓來，他們多以壓縮時空的方式結合於M尋夢旅程，或是無中生有、或是忽然伸手拍背、或是飛速對上眼光、或是從人群中冒出……；〈鏡〉中M返視故居，垂老斑駁的「鏡」，竟冷硬懷恨地對他發話；〈一抹慘白的街景〉中，M如常地推窗看月，而後古裝少女笑得秀髮脫走成熒光小蛇、小鳥從她歌唱的口中飛出；〈災禍〉中，M欣喜地收留植物芽苗，瞬間卻暴長成破屋的巨樹……，都是現實所見、夢境視域、荒謬異象等並置貼合而成。

作者使用超現實拼貼技巧，超越了外在現實的表象描摩，使小說想像更顯離奇；釋放出潛意識的非理性力量，創造了角色的內在心靈意象。雖然，就作者而言，他去國多年，熟習心理分析以降的超現實、魔幻寫實、荒謬劇等文藝理論，此形式非其獨創；就今日讀者而言，超現實早已為人習知而不再令人不安或稱奇。但作者運用瑰奇的想像力拼貼延展出的層層荒謬異境，及經由理性的書寫程序而創造出來的非理性張力，經過歲月淘洗後，仍能令人印象深刻。

小說中另有一種在當時台灣文壇（一九八四至八九）仍屬新鮮前衛[8]的技巧：後現代主義文本互涉（intertextuality）。

文本互涉的形式繁多（參見Brian McHale，頁五七、洪志剛），《M的旅程》中有三種互文現象：一是人物的互映延伸：《M的旅程》一書由九篇各自獨立的短篇小說聚合而成：故事大場景同設在M的旅程；每個故事主角都是M，各篇配角有時在別篇故事裡或以維持原狀（如父母、妻子），或以變換形象（如繭人、蜘蛛），或以降為龍套（如子女）的型態交叉重疊出現；各篇對同一個角色的敘事面向又屢有變換（如M的主體游移）及補強（如妻子、女友），因而把全書各篇之間既游離又相聯的組合成一體。這樣的互文形式，雖然大部分角色在互涉的篇章中，仍只維持做為單面向的配角或龍套點綴，但某些角色在不同篇章的對照下，其性格及生活史卻可獲得較豐滿的互映與延伸（如M、女友）。二是時空的錯位失序：M不由自主地出入於當時尚未存在的十年後S市、月光少女飛越大湖且永恆的年輕、植物霎時暴長撐破居家……，疊複互見的時空翻轉了傳統的寫實遊記、線性情節及時空邏輯。三是文本

8 台灣八〇年代中才風行後現代主義文藝思潮；而作者曾為文指出他的劇作早已有後現代主義的創作意識，作者在〈從現代主義到後現代主義——台灣「新戲劇」以來的美學商榷〉一文中指出，其在六〇末七〇年代寫就的某些劇作，「在寫作的時刻，是『前衛』的，也可說具有『後現代主義』的走向。」（頁七七）。

的內訌與塗鴉：M隨眾注視著等同於其身軀的騾子的屍體，竟一反常態地「覺得十分快樂」（頁四一）！突兀背反的語句，使語義折騰於可解不可解之間，預留各種歧義解讀的可能性。是老人吞食黑皮人M？還是M吞食黑皮人時期的自己而變老（頁一三五）？刻意矛盾的景象並排，造成文義的模擬兩可。追尋到夢想（湖）即是失去了夢想（頁七九）！是對「追尋主題」文本的短路式逆轉……，這些互映、交錯、矛盾、充滿不確定性的互文手法，如同類花朵卻有複瓣，迂迴而耐看。實驗了形式新創的可能性，為小說形式的既有光譜更增一色。

一如前述，作者原有自覺的非寫實創作意識，故小說中人物的設計也逸出寫實成規，成為主角／作者「心象」單面向的、抽象化的投射。而非如寫實小說般致力於模擬人物現實的、物質性的存在狀況。

小說中大略出現四類角色：一是主角M：如前文所述，他的社會位置模糊；主體屬性游移不定；數度主體與軀體裂／異，而成騾子屍體、石下人、十年後的M、右手、綠毛人、黑皮人等「分身」或「異類」。二是人際代號配角：父、母、妻子、兒女、老師、初戀少女、女人、老人、老婦、機器人、受刑人、士兵、小姐、官員……，這些人物全無姓名、無獨立性、無全面性且鮮少個性，在小說中全以主角M為中心，用人際角色代號，標誌他們與M的或深切或疏遠的社會關係；且將其存在意義完全減縮限制在他們對待主角M的態度上，將人物單面向限制且抽象化，藉以討論愛與佔有、愛與反叛、愛與恨、開悟與限制、殘酷冷漠的人性等人類的根本性問題，屬於作者所謂的「腳色式」人物[9]；三是「親人／異類」：大龜老人、繭人母親、蜘蛛父親、繭人舅舅等「親人／異類」，在小說中也是無姓名、無獨立性、無全面性，只展露單面向的對待主角態度方面的特性。對M而言，親人的人生認知與他扞格不入，一如異形一般難以溝通，卡夫卡〈蛻變〉式的形式和理念隱然可見；四是擬人化的物：湖與鏡。「湖」是M夢想的化身；「鏡」是M自我形象人際鑑照／建造的象徵。

前述「腳色式」人物設計，一方面是對寫實人物「個性」擬真虛妄的反動；一方面能抽象化地表達出人類的某些共通而基本的處境，且包容了人物間具體的社

9 作者認為：個人的意義全視特定的時空和相對的關係而定，因此他於劇作中創造出「腳色式」人物，沒有固定姓名及明確的個性，只有標示其相對的社會關係符號——即其所扮演的角色，並只特別突顯人物「角色扮演」這一面向的特點。這一方面是對寫實人物「個性」擬真虛妄的反動；一方面從荒謬劇人物取法，因其「符號式」人物能抽象化地表達出人類的某些共通而基本的處境，而「腳色式」人物又能比「符號式」人物涵括更具體的社會關係（《腳色》，頁一至十四）。這種「腳色式」人物設計用在獨幕劇上，頗為適合其精簡化的技術要求，作者可以在簡短有限的篇幅時限內，交代清楚人物間的關係、強調出人物的片面特性，並簡明有效地傳達出作者的意念。但對社會邊緣人這種人物，或是長篇小說這種文類，甚至只是對多幕劇這種形式而言，「腳色式」人物應將顯其片面與不足。

會內涵。作者認為這是他繼荒謬劇「符號式」人物之後所研析出來的不同視角（見《腳色》，頁九）。「親人／異類」及「擬人化的物」這兩類也延用了同樣的設計意識。比如父、母、妻子這些角色在小說裡的存在意義，只是為了跟他討論愛不是羈絆，而是放他自由；「親人／異類」們是為了展示主角不同流俗的生活價值觀；擬人化的物是主角夢想與自我形象的象徵……，一旦離開了主角，這些角色非但沒有全面性、發展性的生活，甚至沒有獨立存在的可能或意義；也就是說簡化了人物生存的物質性，強化了投射主角心象的虛擬性。所以後三類的人物設計，全是主角生活意念的投射，一如簡化、抽象化、奇幻化的小說時空背景，成為主角心象的延展或投射。而主角的角色設計，一如「腳色式」人物一般，符號化、抽象化，在具體而化約的人際關係中，表達人生的根本、共通困境，成為表達作者意念的單面向的、抽象化的意象，只為呈現作者心靈困惑掙扎的那一面，也就是作者某種心象的延展或投射。只是主角在小說中互文的篇幅貫串全書，故在性格、思想各方面，相對地較其他三類小說人物豐滿。讀者若仍沿用寫實的評價標準來評論書中人物，難免片面、不具體之譏；但就作者非寫實的設計意識，及超現實的故事內容來看，卻成為作者的創作特色。

結語

本文從作者非寫實的創作意識出發，去分析《M的旅程》的「夢鏡」結構，析述小說時空奇幻化，及主角社會位置模糊化的用意；而後援用波特的旅遊文學論點，檢視這本另類旅遊書寫的主題，解析出旅人主體的游移與裂／異軀體的心象化投射；再挪用超現實拼貼、後現代互文、「腳色式」人物的觀點，探討小說技巧的形式及意義。提供一條理解其荒謬異境、內心荒原及奇特形式的解讀途徑，拓展另一種以理性思考解析其非理性之美的可能性。

相較於《北京的故事》裡惡戲式的想像力，或是《墨西哥憶往》中溫暖幽默的風格而言，《M的旅程》較近於作者的「哲理小說」，如《生活在瓶中》、《孤絕》、《巴黎的故事》等，較嚴肅悒鬱。藉著主角主體的游移及角色軀體的裂異，折射出作者人生困境思索的、偏冷調的哲思之光。

從政治社會層面而言，八〇年代解嚴前後，大敘述遭受前所未有的攻擊、權力結構移置轉換、社會狀況劇烈變動，在小說範圍裡也產生對威權成規的詰難，使得小說家對寫實成規中的「權威作者」及瞬息萬變的「現實」不得不產生反思及質疑。從外圍影響層面而言，八〇年代中期西方後現代思潮及後設小說理論與創作漸次引進，使得小說家在質疑權威之外，也反思「小說創作」本身，並嘗試建立新的文學典範。這股「對寫實主義傳統的質疑與代換」的趨勢，在八〇年代的後設小說、部分跨文類小說、間諜小說、後現代主義小說中都可發現到。馬森在一九七六年《腳色》序中即已批評了寫實主義的擬真虛妄（頁九），始作於一九八四年的《M的旅程》，在結構設計上，創造出奇幻的時空背景、模糊了主角的社會位置；在技巧上，使用了後現代互文、心象化人物，都已在寫實主義傳統之外另闢蹊徑。相較於前述八〇年代中後期才興起的文學風潮而言，在時序上應是獨特而超前的。

（本文作者為南台科技大學通識中心講師）

參考資料

馬森，《腳色》（台北：聯經，一九七八；新一版三印，一九八九）。
馬森，《生活在瓶中》（台北：爾雅，三版，一九八五）。
馬森，《孤絕》（台北：聯經，初版，一九七九；六印，一九九〇）。
馬森，《夜遊》（台北：九歌，一九八四；新版，二〇〇〇）。
馬森，《北京的故事》（台北：時報，一九八四）。

馬森，《海鷗》（台北：爾雅，一九八四）。

馬森，《墨西哥憶往》（台北：圓神，一九八七）。

馬森，《巴黎的故事》（台北：爾雅，一九八七）。

馬森，《M的旅程》（台北：時報，一九九四）。

蔡源煌，《從浪漫主義到後現代主義》（台北：雅典，初版，一九八七；修訂三版，一九八八）。

蘇偉貞，《夢書》（台北：聯合文學，一九九五）。

Porter Dennis, *Haunted Journeys: Desire and Transgression in European Travel Writing,* Princeton: Princeton UP, 1991.

McHale Brian, *PostModernist Fiction*, New York: Methuen, 1987.

白先勇，〈秉燭夜遊——簡介馬森長篇小說《夜遊》〉（收入《夜遊》，一九八四）。

宋美璍，〈自我主體、階級認同與國族建構：論狄福、菲爾定和包士威爾的旅行書〉（《中外文學》，一九九七年九月）。

吳海燕，〈稠人敞座中的孤客——我看《孤絕》〉（《當代》，一九八九年九月）。

吳海燕，〈放逐的靈魂——試評馬森《M的旅程》〉（《文訊》，一九九四年八月）。

吳介禎，〈精神分析與超現實主義〉（《炎黃藝術》，一九九六年七月）。

馬森，〈從集體主義到個人主義〉（《國魂》，一九九二年八月）。

馬森，〈逃亡：追求個人自由的必經之路——談《一個人的聖經》〉（《聯合文學》，二〇〇一年二月）。

馬森，〈從現代主義到後現代主義——台灣「新戲劇」以來的美學商榷〉（《聯合文學》，二〇〇〇年九月）。

洪治剛，〈互文性的寫作〉（刊於《小說評論》，西安，二〇〇一年一月）。

張錯，〈魚身夢幻〉（《中外文學》，一九九五年二月）。

黃碧端，〈愛的形變——我讀《M的旅程》〉（收入《M的旅程》，一九九四）。

曾長生，〈自動書寫與精緻屍體——談超現實主義的基本策略〉（《典藏今藝術》，二〇〇〇年十月）。

蕭瑞甫，〈書寫軀體：試論超現實主義與（後）現代之主體性〉（《中外文學》，一九九八年七月）。

龍應台，〈燭照《夜遊》〉（收入《夜遊》，一九八四）。

生活在繭中
——《M的旅程》解讀

唐瑞霞

提要

現代化之後，遠離傳統所帶來的自我價值的失落，使得萬物之靈的人類已然不知該將自己定位在什麼位置之中才是穩當的。馬森的《M的旅程》主要就在探討現代生活中，一個個體、一個自我應該如何自我定位、以安定心神的議題。《M的旅程》所想解決的，其實是M企圖透過追求自由擺脫東方倫理羈絆以找尋自我定位的一趟追尋自我之旅。我們可以看到M亟力擺脫家族倫理羈絆的許多努力，M一直企圖想破繭而出，可惜的是，我們無法看出他有所掙脫，仍是存活在那個他所亟欲逃離的體系之中。M雖然厭棄像父母般生活在繭中，但是，他所希望過的還不能算是明確的生命藍圖，卻也像一個繭般將他圈限住而未能超脫，M活在傳統與現在的糾結中。原想藉由拋棄傳統來破繭而出，卻未料仍活在繭中不得自由。破繭的方式，並不是一味地迎向現代、拋棄傳統可以達到的，M所一直致力追尋的理想有無可能必須回歸到將他塑形的傳統才能找得到？自我即是傳統洪流的一部份，要與傳統全然割裂、將自己全然孤立，其實已忽略了自我即是由傳統文化所建構出來的事實，人由傳統所形塑，要想拋卻傳統的所有影響是不可能的。作者並不企圖解決M所面臨的問題，只是企圖表彰M游離在不斷眩惑與迷惘的困境中無路可出。接受現代化，如果是突破傳統文化的具體實踐，那麼，如何解決現代化之後所一併帶來的疏離與茫然，恐怕就有賴我們努力泯除傳統與現代化對立的界限並藉助傳統所蘊藏的能量來破繭而出了。

《M的旅程》[1]作者是馬森先生，他是一位對人類社會的發展深具使命感的作家，他的生命在輾轉跋涉了亞、歐、美三大洲之後，有了豐富而飽滿的經歷，卻「益發感到對人類社會現象與人類前進之渺茫」[2]，所以在他的創作中，常可見到他對人

1 馬森，《M的旅程》（台北：時報，一九九四），下文頁數皆以此書為準。

2 馬森，《孤絕》（台北：麥田，二〇〇〇），頁十三。

類根本問題的關懷，他曾在〈四十年寫作的歷程：反省與自勵〉[3]一文中提到個人的創作態度是「在虛構的創作中，寧願捨棄正面的批判，而去尋思人間更為根本的問題：生、死的迷惑，愛、恨、貪慾的掙扎，自我的尋求與定位，個人與他人縮合的種種關係……借著不同的情境、不同人物的經驗，去繼續細味與覓索」這樣的創作態度與基調，也同樣出現在《M的旅程》中，本書尤其著力在「自我的尋求與定位」的主題上。作者曾在〈繭式文化〉[4]一文中提及：「文化為人類的生活帶來了意義，為人類的生存賦予了某種目的，同時也就形成了某種束縛。正如繭之於蛹，既保護了蛹之生存，卻也限制了蛹之發展。蛹蛻變為蛾，勢必破繭而出，始可生存。……中國固有文化之繭，保護了中國人的生存，但到頭來也不免限制了中國人之發展。」而當我們在迎向現代化的同時，是否可以算是突破了固有文化之繭呢？抑或是仍身在繭中呢？作者便以象徵化的筆觸在《M的旅程》裡表達了這樣的疑慮與憂心。

《M的旅程》全書充滿著「現代人」對人類命運、自身價值與生命意義的探尋。「現代人」游離在「傳統」[5]與「現代」的兩端，究係能如何自我定位？究係該如何

3 馬森，《追尋時光的根》（台北：九歌，一九九九年五月初版），頁一一九。
4 馬森，《繭式文化與文化突破》（台北：聯經，一九九〇年一月初版），頁一、二。
5 這裡的「傳統」是指被「現代化」洗禮前的社會模式。

自我定位？本書從一九八四年開始創作，至一九八九年完成最後一篇旅程而彙集成書。五年的創作過程中，作者恐怕無可避免地將浸沉在一種由分析現代生活所導致的現代人所特有的痛苦迷惘而又想企圖超越的複雜心理中。作者透過M的幻覺與夢境等心理意識活動來突顯現代人的荒誕與迷惘。全書充滿著象徵的筆觸，主角M的思維與內心的矛盾在此書中有一連串的雷同反映，所以此書雖收集了九個單篇小說，但全書風格一致，故視之為一長篇小說的串聯，亦無不可。

作者所經營的時空，並非是一般人的意識所能達到的超時空與超感覺的另一個世界，一如吳海燕所言：「在這個獨立的時空領域裡，鬼怪幻景不已，卻瀰漫著濃烈的現實生活氣息，折射著現實之光，揉合著作家對現實的哲學思考和悲愴情懷」[6]。二十世紀以來的科技現代化，在帶給人類物質富裕高度發展的同時，也帶來了一種新的精神飢渴的威脅。人們飽受追尋理想與現實失落的矛盾痛苦，甚至由此而引發精神上的創傷與變態知覺，所以，M的一顆不安寧的靈魂所體驗著的，正是人與外在世界、人與自我的變形與脫節。作者將自我的探討投置在孤寂無援、錯亂糾結的時空中無路可出。

6 吳海燕，〈「放逐的靈魂」——試評馬森《M的旅程》〉（《文訊雜誌》革新第六八期，總號一〇六，一九九四年十二月），頁一〇至一二。

一、破繭

M有感於生命現況的痛苦，而選擇逃離、驅避他所不能認同的生命情境。他抗拒生命倫理所衍生的羈絆，無論此羈絆是來自父母或子女，所以M與人群（家人）的關係是充滿敵意的，我們可以從書中頻頻出現的與家人之間的負面關係中得知，例如：父母與他的關係不睦、前女友棄他而去的傷痛仍未平復，即使是妻子與他之間的關係也不融洽。當一個人會對追尋自由有莫大企盼時，往往源自於現況對自由的極度匱乏，而M就在自覺深受倫理羈絆的情況下，企圖追尋自由。M一直企圖尋找生命之意義，從他的鞋子都走得張開嘴了，可知他一路追尋路途之久，「人，總要從這個世界上退去的事實，使人無法不留戀根生的土和根生的時代」[7]，在長期流浪之後，M選擇回歸故土，但是，當他終於回到日思夜想的故鄉，所見到的卻是殘破、沉悶、了無生氣：看著M的父母變成繭人與蜘蛛（參見〈M的旅程〉一篇）、整棟老屋充溢著霉腐之氣（參見〈鏡〉一篇）。當M看著他的父母跨不出就M而言看來非常狹窄的生存空間時，他感到無比的痛苦。從〈繭人〉一篇中所提及的「人人遲早都要作成一個

7 同註三，前揭書，頁七。

繭」（頁三六）、「不用看世界，非常安全」（頁三九）、「在繭中大家都很幸福」（頁四〇），類似父母這樣地作繭自縛、滿足於方寸之間的幸福與安全，並不是M所能接受的。

M想要用自己的方式存活，不想像他父母般只求安於現狀地畫地自限，「人人遲早都要做成一個繭」，意謂著人遲早都會形成一牢不可破的成規，將自我圈限在其中，甚至自得其樂。安於成規，不也如同置身繭中一樣了無生趣嗎？生活在繭中，應只是生命的一般「過程」，結繭應是為了破繭而出，倘若只安於生活在繭中，那不就註定了死期嗎？

M，身為一個被現代化洗禮的人，面對將他塑形的原生家庭的羈絆，只是一味的反抗與執意的出走，如在〈迷失的湖〉中所表現出的反抗父母的言語：「我不屬於你們、不聽你們的任意支配、不理你們的無理取鬧」（頁八二）、「你說你們愛我，你們可懂得什麼叫作愛？愛是呼山山來、呼水水到的嗎？愛是要聽從你們的命令的嗎？愛是要受你們管轄的嗎？如果這也叫做愛，請你們快快把這樣的愛拿回去！」（頁八四），作者也透過這對父母對待另一個兒子的方式，如「這個兒子我們要好好地管教起來，用繩子綁好，裝在籠子裡，每天給他點涼水，聽話呢，就給點吃的；不聽話呢，就一頓鞭子」（參見〈迷失的湖〉一篇），讓我們瞭解M之所以想極力擺脫父母糾纏的原因。如此濫施權威，據兒子為己有，不能懂得兒子內心需求的父母，M選擇遠離，M認為兒子存在的意義對他的父母而言，只是為了滿足他們的支配慾而已。於是，種種的壓力排山倒海而來，往往在無形中成為強迫人、而且使人慣性地「心甘情願」地壓抑本性的一股巨大力量，如若不屈從於父母的支配，就好像僅有出走一途，在此強大的壓迫中愈發容易呈現出追尋自我以至出走的一種反彈與必然，如M反覆呼號的「我非要有決定我自己前途的自由！」（頁六六）、「我不屬於任何人」（頁八二）、「我要用我自己的辦法活」（頁三六），M的辦法就是藉由擺脫傳統來追尋自由、並建立起自我的主宰性，但是否真的可以走出一條自己的路來？這樣的「出走」，其實不盡然是一個正確的選擇，全然與傳統割裂是否就是好的？在傳統的洪流中，要找出自我、走出自我的一片天，將自己孤立在傳統之外、並與之對立，這場拔河，其實對傳統而言無啥意義，反倒是對M這個現代存有的人而言，意義是相當重大的，一味想擺脫傳統的束縛，但一旦完全孤立於傳統之外後、在那個強烈反抗的對象消失之後，如何安頓自我生命的沈重命題，才開始紛至沓來。M雖對父母的生活模式抱持負面的看法，但就存在而言，他們能將自我安頓在他們自己所熟知、所喜歡的模式，而且自認為幸福，其實，未嘗不是好事一樁。M所厭棄的是父母對他的束縛與「不當」的期望，例如期盼他成為一傳統的、聽父母之命行事、中規中矩不要有反對意見的好兒子、安於傳統的好兒子，這樣的期盼與M所企圖想過的生活相左；那麼，他也應反轉過來尊重父母的選擇，當M大聲疾呼父母過度干預他的生命、不夠尊重他個人的生命自主性時，那麼，他也應該留給父母相等的生命尊重，而不應有負面的看法與情緒。作者曾在《追尋時光的根》[8]中指出「每個人對生活都有自己的『視境』，也都有依照自己的視境來安排自己生活的權利」，如果M認為自由選擇的原則是人們的基本權利，那麼，即使他的父母所選擇的未來道路，逸出了M所期盼的範圍之外，M也只能尊重父母的自由選擇並且應毫無存成見地予以接受。

當M選擇用逃避的方式抗拒他所不認同的生命情境時，例如：逃離繭人與蜘蛛（頁四〇）、逃出遊樂場（頁二八）、逃開繡癬的婦人（頁二三），其實也表示他尚未能完全走脫去尊重個別生命應能有個別獨特發展的生命態度，他仍嵌陷在逃離固有傳統生命情境的壓迫中，而未走出此一困境。每個人對幸福的定義都是不相同的，當M不能接受他人生命型態的同時，他們卻都能安於自己的現況且認為自己很幸福，絲毫不覺得有什麼不妥，雖然明顯易見的是他們的幸福絕對不是M所想追求的幸福，但是，M所想追求的幸福，倘若施加在他的家人身上，難道就真能讓他的家人們感到愉快和滿意嗎？

8 同註三，前揭書，頁七八。

二、尋夢

M所企圖擺脫的，其實正是他所企圖尋找的。M想逃離家庭的羈絆，卻一直企求湖的安慰。M出發去追尋他的理想——尋找他夢想中的「松林之湖」。因為M所想追求的生命就是溫柔、靜謐、和諧的感覺，他想重溫那與母親之間的溫情的滿足，我們可以從他想藉由超越生命、擺脫痛苦、重回母親溫情的懷抱（頁八〇）中可明白看出「湖」所象徵的正是母親的子宮，他之所以想與湖合而為一，正是想重回母親溫情的最佳證明。「世間的男人愛上一個女人，都是為了想到他原來出生的地方去」（參見〈一抹慘白的街景〉），這個意念可以支撐全書中M對「母親子宮」追尋的架構與佈局，例如：〈一抹慘白的街景〉、〈迷失的湖〉、〈追鳥〉等篇章中均可見到。因為此一溫情的感覺隨著M進入「象徵秩序」[9]之後被壓抑了，所以，我們看到M一直企圖抗拒象徵秩序中的父權主宰、企圖回歸「湖——母親子宮」的溫情懷抱。「湖——母親子宮」的溫情具有無比的魅力，引發了M無窮的慾望，使得M無法不被此一慾望所吸引。這個夢中湖，是M可以安頓身心的處所、是M可藉以超越時間侷限的愛

9 此處「象徵秩序」乃指拉康鏡像理論中的象徵秩序。參考杜聲鋒，《拉康結構主義精神分析學》（台北：遠流，一九九七）。

戀對象，它與外界是完全隔絕的，充滿了溫柔、安祥的母性柔情，與外界紛擾、征伐的世界迥異。這個松林之湖，就是M的夢中湖，此時的M來到這個松林之湖「有一種回到家中的感覺」（頁七六），回到了母親溫暖、柔情的臂彎，「湖——母親子宮」可以激發生命力，是M以為可以超越生命的障礙、跳出時間掌握的一個憑藉，然而他的父母卻在此時出現，也給了M宣示拒斥的機會，此時作者想表述的，其實並不是要探討M與父母雙方之間的對立，M所抗拒的是父母背後的一大套倫理綱常。他所想逃離的，其實是象徵秩序中的律法、傳統，並不是想遠離溫情。象徵秩序中的父母出現在M清醒之時，他拒抗象徵秩序的介入，所以希望與父母之間切割干連，是故，面對焦急的父母前來尋找，M反倒回以「我是死是活與你們有什麼相干？」（頁八一）、「我不屬於任何人」（頁八二），M拒絕接受象徵秩序對他的操控，尤其是負面的任意支配與惡劣影響，因為M的父母始終將M視為他們所擁有的部份財產，未能認清與尊重M是一個獨立自主的個體，所以，當M想獨立自主時，他的父母就會認為M忤逆。當他們失望於M的決絕而離開M、離開松林之湖時，仍沒有改變對兒子擁有充份支配權的觀念與態度。

M一向是一個特立獨行的人，「不喜歡受到意外的騷擾，即使這騷擾是出於善意的，對M也會形成一種難以忍受的侵迫」（頁一八四）。在〈遺忘〉一文中，明白地昭告慣常安定的傳統的M已死，傳統的M是那種「牽了一個女人和一群孩子的男子，他有那種需要；他也遵守那種社會的傳統。」（頁六一），而現存的M卻是「一隻獨飛的鳥」（頁六一），受不了任何形式的羈絆。M的妻子認為已給了他所需要的自由，但是，當她的措詞用到「給」字時，已是某種施予。真正自由的無拘無束是由內而外生出的，不是由外向內地被給予，所以，被給的自由仍免不了屬於某種型式的羈絆。M一直不肯把感情依附在倫常關係上，我們看到M所企圖掙脫，又無能掙脫的無奈。

三、身份認同

M的痛苦，表面上，好像是來自外在的傳統壓迫與理想的難以尋覓，但實際上卻是他自己內在的身份認同問題。真正的自我存有應由自己來界定，而不應依據外在的看法。M所企圖孤立的是自己所認為正面存在的M，而不是一個多元而全面的M。倘若只是一廂情願地割捨部份負面的自我，以圖成全部份正面的自我為自我的全部，那麼，這樣的努力顯然是惘然的，我們可以在〈鏡〉文中所探討的自我關係中得知，鏡子外面的M其實就是鏡子裡面的M、鏡裡的M就是鏡外的M，兩者之間其實沒有界限，也不是非得「消滅」，或是「否定」另一個自我不可。自我的存在是多元而複雜的，我們所應調整的態度是以更細膩、更包容的態度去面對自我的多面性。但是，一個人如何能夠對自己的存在，找到依憑的證據呢？我們似乎就像M一樣，「從未想到要為保有獨佔自己的形體找出證據，好像專利局也並不負責做這一類的鑑定或登記」（頁三〇），所以，一旦遇到像石下人在詰問M的存在獨立性時，恐怕也難免瞠目結舌、無言以對。

〈M的旅程．石下人〉一節中，壓死了石下的M。石下的M說M只是一頭屋頂上的騾子，但是，作者在〈M的旅程〉文末所安排的在屋頂上的騾子，卻是一具騾子的屍體，若將兩處作一對比，是否意味著M的另一個自我也已死亡？當M從充滿霉腐之氣的老家逃命也似的跑出來時，他對自己的生命現況顯然是不滿意的，因為M對「自己」到底是什麼的定位感到無比茫然。當生命（對存在的認知）被隱沒在幻覺時，將會使得M感到無能自控的懼怖（頁七五），此時的M該如何建立他的主體性呢？M企圖藉由「追本溯源」來定位生命的存有，經過長久夢中湖的追尋之後，他日思夜想著故鄉的安慰。故鄉是他所誕生的地方，也是形塑他的所在，所以，M想藉由這次的尋根之旅中，企圖找到一些認同，可惜的是，他所接觸到的盡是殘腐、陳舊與了無生機的景象。M一心想追求認同，卻在過程中失望、屢遭挫敗，這樣的不堪，讓他沒命似地逃離，所以，當他離開那棟陳腐的老屋之後，才得以見到滿街的陽光，看到了陽光，就彷若看到了「生機」。如果屋頂上的騾屍就是石下的M所說的那個M，那麼，當這個M所覺得失望的自我（想藉由故土認同卻失敗的自我）已死時，局外的M，也彷若有了重生的契機，所以M「覺得十分快樂」。

作者想探討的，其實是一個身份認同的問題。主體性是被論述而得的，M的父母對他們自己身份的認同（比如包括對子女擁有絕對的支配權等）是受到整個社會的價值觀（或稱作某種公共論述）影響而建構出來的。M對主體的認知則是在現代化與東方傳統倫理之間被論述建構。M在進入象徵秩序後，已經無法確切地感知真實的自己為何。由於「真實的自己」與「象徵世界」的自己之間存有一段差距，所以，我們常會求助於社會所提供給我們的訊息，來解決主體性的「天生內在衝突」[10]，例如：M藉由照各式各樣不同的鏡子來修正對主體自我的看法，不會僅僅執著於單一的鏡子所呈現出的對自我的認知（尤其是負面的認知），而較能容納不同的自我多面向與衝突。所以，在M與父母之間，表面上看好像是M與父母之間的衝突（姑且不論M所拒斥的是父母背後所代表的傳統倫理綱常），但實際上卻是「真實的M」與「M自己的想像」之間的衝突（M的天生內在衝突）。真實的M其實是有多種面相的，但是，M卻只一味執著在「自己被羈絆」的單一論述之中，所以，一直處身困境無法走脫（因

10 齊切克，《天生內在衝突理論》。

為自己被羈絆了，所以想追尋自由），但真正羈絆他的，卻是他自己，而不是他的父母，老者直言M的困境是由他自己所編織出來的（頁八六），老者因為「不以跳出困境為意，所以我是自在的」（頁八七），而M卻自始至終都在困境中奮力掙扎，這樣的反抗，不過使M顯現出一副比可憐蟲更可憐的面相，但老者的意思卻不是叫M認命或是逆來順受，而是應該讓所有苦痛自由來去胸中、無所滯礙，不必外求於西方極樂，我心即一片淨土，不是跳不跳脫困境的問題，而是在你的心態上如何因應的問題。所以老者要求M應該要「無視夜湖，回頭是岸」（頁八八），不必外求，回到正常軌道，轉變心態，即會有很大的改變，是自己內心的問題，其實無法靠外力解決。一旦我們能夠不把困境當作困境時，困境自然就無法束縛住我們，一如卡繆所改寫的「薛西弗斯」的神話故事般，當薛西弗斯不認為日復一日的推石上山是一種懲罰時，那麼他已然從這樣的懲罰事件中走脫了。〈追鳥〉中，代表象徵秩序的老者從M的腳趾含起，一寸一寸又是大口大口地把M的一隻腳，及至全身吞噬掉，當他被老人整個吞噬後，再睜開眼睛時，就摸到了自己已長了一把鬍鬚，M究竟是因無法掙脫象徵秩序的吞噬而心魂飛逝，抑或是那老者即為M自己，是M自己被自己一味執著於追尋的堅持所吞噬因而變老？只要斷然割捨、自可超拔，一味耽溺貪戀而終被吞噬的命運又豈非自招？追根究柢，在逃離傳統的束縛後，其實不見得可以帶來期望中的自由，因為，只有人類本身才是制約和禁錮自身的真正主宰。

同樣的，表面上看〈鏡〉文中，好像是M（人）與鏡子（他人）兩者之間的衝突，但實際上卻是「真實的M」與「M自己的想像」之間的衝突。真實的M其實是有多種面相的，但是，M自己所想像的M，卻是否定那些負面的自我，進而將此一負面情緒發洩在鏡子上。例如：M在故居鏡中所看到的是一次比一次醜陋的自己，因為此鏡從來無法顯示出M的任何優點，專門暴露短處「我現在才明白，在你的扭曲下，我任何長處都會變成缺點。這時候我面對的不是你，而是難堪的自己。你又叫我怎能廝對著一個如此醜陋的自我生活？」（頁一一五），此處的重點是，表面上好像是厭惡面對鏡子，但是真正害怕面對的卻是醜陋的自我。然而，誠如鏡子所言「鏡子的功用就是顯示出照鏡者的真面目」（頁一一〇），所以M所看到的醜陋的M，也是M自我的一部份。M在照了別的鏡子之後，才知道自己的鼻子原來是挺直端正而不是歪歪的，但是，值得懷疑的是：M又怎麼知道那個鏡子所照出的挺直的鼻子是M鼻子的真正面目呢？還是，只要能照得出好看容顏的就是所謂的好鏡子呢？是不是，我們永遠只希望看到我們所想看到的、所肯定的面容呢？所以，當鏡子照出負面的形象時，我們就會憤怒、無法接受。鏡委曲地說：「我沒有故意扭曲，我照不出你別的樣子，不管我多麼努力，我總也辦不到。」（頁一一七），一如我們所呈現給朋友的面貌，就是朋友所能對我們認識的全部，如果我們刻意隱瞞部份的自己，那麼朋友對我們的評價，必定就受到限制，所以，開放多少自我讓他人認知與體會，其主控權操之在自己手上，就像照鏡子一樣，當我們刻意用衣物包覆住我們的軀骸時，又怎能埋怨鏡子照不出我們全部真實的容顏與形象呢？再者，也應考慮的是，鏡子在被製作的時候也已被定型為可以反映出怎樣的效果，例如：照哈哈鏡與照一般正常的鏡子，其效果必然不同。這也是我們在照鏡子時應先存有的認知，一如朋友在看待我們時，恐怕也會有一先入為主的成見作為觀望的基礎，並不那麼必然可以全盤接受我們所給予的訊息（更何況訊息的傳遞，本就會有相當程度的落差存在）。

M在沒有再度看見鏡子將他的面容扭曲為醜陋的形貌之前，他仍無法肯定自己是否已從自己的心田中看到一個真正的我，後來證實的確是鏡子的緣故使得他的形象被扭曲後，他終於達成了回來的真正目的，就是確認了自己現在對自己的認知才是最正確的：「我此時看到的自己才是真正的我。這個我並沒有一定的形貌，我要他是什麼樣子，他就是什麼樣子！」（頁一一八），當他確認了心中長期以來的困惑之後，心中充滿了無限快樂。

我們原不該把自我的肯定建築在他人的看法上，「我自己原不該在你的反照中尋找自己的影像。真實的我在這裡。任何鏡子的反照，都不過是一個虛假的影子而已」（頁一一七）、「真正的美醜是閉起眼睛來才看得到的，是不是？完全是一種自我的修為」（頁一一七），要是早懂得這一點，照得美不美已不再重要了，照不照鏡子也不重要了。M終於明白了他並不是為了鏡子的肯定而生存的。他並不需要任何鏡子，而仍可以在自家的心田中看到自己。一個人的存在，並不是因為他人的反照而生存的，自我並不需要藉由任何人的反照才能存有。

全書中，M只有兩次心中充滿了快樂，一是〈M的旅程〉中，M在擺脫故居的陳腐之後，與眾人一齊觀望屋頂上的騾屍時（那個騾屍象徵著活在負面情緒中的M已死）；一是回到故居，見到鏡中「被」扭曲的容顏、解決了心中長期以來的困惑之後。這兩次的快樂，都出現在M捐棄負面的自我之後，但層次卻不相同，第一次是因擺脫負面的傳統包袱而喜悅，第二次卻是在甩脫傳統包縛、往外尋求自我定位之後，又回過頭來訴諸自己來確認自我的真正形貌，於是，M不再坎陷於外在的否定而充滿喜悅。

四、生活在繭中

在M心中，現代化思潮與傳統中國家族倫理觀念兩者的界限是相當清楚的，我們看到M一直心向現代而拒斥中國傳統的家庭觀念。但是，兩者的界限真的這麼清楚嗎？真的只要張開雙臂、衵誠地擁抱現代化就能解決M所面臨的難題嗎？M所視之為羈絆的、負面的家族關懷，其實也正是M之所以成就為M的基礎所在，斷然不能藉由割裂、逃離的方式建構一全新的自我。

在現代中國人迎向現代化、拒斥家庭包縛的同時，作者也洞察了現代人所面臨的在這兩股力量拉鋸下的痛楚，眼見舊觀念的應當背棄（但是現在的我卻是由舊觀念所建構成的），眼見迎向現代化、追求個人自由好像才是一種比較高尚的價值觀。但是，真是如此嗎？對還未能確切掌握到西方那種純自由的M而言，毋寧說一切均仍屬理想而已、尚未能確切地感受到，所以，生命對M而言，無論如何總是痛苦的，我們會發現，M時常會對他所觀察到的人們的生活現況感到悲憫，所以常會表現出「悽慘」的情緒，全書中很少看到M表現快樂的時候，即便是他終於找到了他的夢中湖，其滿足的時間也不過一夜，之後就又出現了只會管教他、不懂得愛他的父母或妻子或曾拋棄過M的前任戀人。所有「發生的一切，都使M不知所從，但又無可奈何地非遵從了這唯一可循的軌跡前進不可，否則M就頓感自己已經不存在於世了」（頁五二），有關M的當下生活，總是呈顯出這樣無可奈何的存在模式。但，摒棄一切之後所得到的自由，就真是完美無瑕嗎？不過也只是為了解決傳統所帶來的負面壓迫而引發出的一種對立的解決方式，但，傳統與現代之間真有那麼大的高下差別嗎？傳統雖帶來羈絆不自由，但也帶來一穩固的力量，安定此中的人們，讓他們的生活有所依歸。要想藉由斬斷過去、全面迎向未來，就難免如M一般，時常不知己身何在何往了。舊的社會秩序被M全面否定、新的社會秩序尚未全面建立，於是，人就在這兩者之間拉鋸，常常不知己身何在。

黃碧端把《M的旅程》當作變形記來解讀[11]，透過時空的不斷交錯與角色的不斷變形，說明了不可固定的單一邏輯。〈M的旅程〉中，進出遊樂場的人都是皮包的機器人，遊樂場的旋轉木馬是由活生生的袋鼠被安排成木馬式的機械動作、活的狩獵物被規律地安排在獵場中等待被射殺，整個境域充滿死亡的氛圍，讓M感到悽慘。在鬼屋中，軌道兩旁的籠子內關著的是M的被封口、刑求的同類。真正有靈有肉的人類被關入鬼魅般的牢籠，而主宰時空發展的卻是冰冷無情的機器人，這樣的刻劃場景，無疑地諷刺了人類在現代化之後所具有的「工具化」特質、毫無生機可言。

M所看到的生活在現代建築中的現代人是冷漠的。現代人的人心日漸疏離，不再能寄望傳統左鄰右舍的守望相助，而只能藉助沒有情感、沒有溫度的鐵窗來維

11 黃碧端，〈愛的形變〉（《M的旅程》書前序）。

護身家安全，反倒是鐵窗內的植物還會從鐵窗冒出（頁四一），想掙脫藩籬，追尋自己的陽光與生機，然而人呢？僅止於安於現狀的滿足嗎？歷史的發展有其脈絡存在，絕不能被切割而片面獨立。生活的標的，不應是被抽離出來的單一存在，此一標的應與我們所有的生命息息相關，不應為了成全未來的目標而犧牲過程中的所有生命經驗。作者對舊居的描寫都是荒蕪傾圮的（如：〈鏡〉）、霉腐不堪的（如：〈M的旅程〉），但是，作者為什麼安排M在以負面與殘破的角度看待故居的同時，卻仍對過往的生命戀戀不捨？例如：M認為「在逝去的世界裡，還有很多角落我沒有走到。我現在才知道，一味在時間裡往前趕是多麼荒謬」（參見〈迷失的湖〉一篇，頁七八），言語間，充滿了對過往生命的戀戀不捨；M存活在回顧之中，在〈遺忘〉中，M所認為還未來臨的未來，卻是M妻的當下現實，就她而言，可以看出M不願活在當下，只願接受過去的種種，在此，我們看到了M的矛盾。一方面，M想擺脫傳統倫理的羈絆、一方面卻又對過去種種戀戀不捨；在〈鏡〉文中，也有這樣的矛盾出現：「橫豎別的鏡子總是都比我強！那你為什麼又要回來？回到這個破敗的房子裡來？來看像我這樣一面只會顯示出你的缺點的破鏡？」（頁一一四），這是一個有趣的提問，M為什麼還要回來？在他出外多年，照過多面不同的鏡子、建構出有自信的形容之後，他為什麼還要在意這面「破鏡」的反照？是不是因為這面鏡子是第一面讓他看到自我的鏡子？M對自我的認知首次從這面鏡子開始，對他的影響也最大，所以即使M已在別的眾多鏡子之中肯定了自己，但是，他終究無法釋懷於故居之鏡對他面容的「扭曲」，以至必須回來親自證明。由此，我們也可以知道這面鏡子的反照對M而言，還是相當有份量的。正如M不是不知道M的父母對他的負面影響，但是，在他經歷了長久的追尋之後，仍選擇回到故鄉尋求認同，由此可證，人們對於形塑他的傳統的不可拋棄，即使是再怎麼鄙夷，卻仍時時想藉由過去歲月的認同來解決現下的痛苦與困境。M所摒棄的傳統、所肯定的現代化，其實是被教育出來的。其思想、觀念是被建構的，所以對於傳統認為好像應該全盤否定。但是，我們實應以更寬容的角度面對現代與傳統衝擊下的種種矛盾與不安，應適時多予尊重不同的聲音與不同的態度。當外在世界對自我的定位與內在自我本質有衝突時，我們所應做的，不是「消滅」此一差距，而是應努力居中權宜、協商與尊重差異性。

M雖是經由身份認同解決了自我的定位，但是與外在的互動應如何安排，則尚待M的破繭而出。M雖然厭棄像父母般生活在繭中，但是，他所想過的還不能算是明確的生命藍圖，卻也像一個繭般將他圈限住而未能超脫，M活在傳統與現在的糾結中。原想藉由拋棄傳統來破繭而出，卻未料仍活在繭中不得自由。

五、結論

黃碧端在序言中曾經提及：「《M的旅程》是費解的。它似乎太『新』，讀者得重新學會適應這樣的閱讀經驗。」筆者則認為，《M的旅程》之所以令人費解，是因為作者已然擺脫寫作《孤絕》時的生澀筆觸[12]，而代之以凝斂、成熟的功力，展現當代文學的特質，充滿了當代理論的解構手法，例如：作者藉由夢境般的故事內容探討「真實」。何謂「真實」？那是一種主觀的認定？還是有客觀存在的可能？真能客觀存在嗎？我們可以在書中看到作者透過時間的跳躍，把真實展現得如真似幻、如夢幻泡影，例如：〈遺忘〉裡，M誤闖至十年後的未來。又如：〈迷失的湖〉中，M所夢見的湖「越來越清晰、越來越真實。雖然只是夢中的真實，卻似乎比生活中的真實更要真實」（頁七三），這段對「真實」探討的話頗值玩味。當M自覺夢中的真實比生活中的真實更真實時，恐怕就意味著那個夢中湖的存在對他現實的生命而言，更具有根源性的吸引力與魅力，他所想回歸的夢中湖，也就是他潛意識中所企圖追尋的生命

12 作者曾在《孤絕》（同註二，前揭書，頁九）一書的三版序言中指出：「《孤絕》是一本十分用心的作品，不只在內容上，而且在形式上有許多實驗性的嘗試。實驗並不一定有成功的結果，但卻必然有些獨特之處。也正因為是實驗性的作品，生澀之處則在所難免。」這當然是作者的自謙之詞，但我們的確在《M的旅程》中看到了更加成熟圓潤的當代文學表現手法。

歸宿所在（將生命意義定止在夢中湖的追尋）。又如：M「意會到這世界的怪異，比夢中的情境更甚」（頁七四），意味現實比夢還虛幻，然而，究竟是夢還是現實較逼近「真實」？在反反覆覆的詞語中，我們看到了作者對「真實」一詞「去自然化」的顛覆。

再者，《M的旅程》之所以會令人費解，與全書所展現的時空交錯的旋轉特質有很大的關係，全書共計九個篇章，除了〈鏡〉一篇沒有時空錯置外，其餘八篇均有時空跳躍、不知己身何在的暈眩迷惑，整本小說很容易讓讀者覺得一直在交錯旋轉中進行，例如：〈一抹慘白的街景〉中，他幼年時相識的女孩與駝了背的皺臉的老太婆交疊出現，整個故事不住地循環，給予人一種時空交錯旋轉、暈眩的感覺。〈畫荷〉一文，一再地暗示不知己身何在，例如：「M詫異地自問：何以會睡到這樣的一個所在來？」、「M細思前因後果，不得要領，也只好不去管它」（頁一四八）；M對何以會來到這一個所在「實在百思不得其解」（頁一五〇）；當他想要找尋相機拍下美麗的荷花時，才發現自己並沒有相機，但不知是從來沒有，還是以前有過而現在不見了；當M醒來之後，竟發現畫紙上已經塗滿了線條，「M不記得是在瞌睡中塗畫成的，還是在瞌睡前已經畫在紙上，因為瞌睡的緣故，沒有來得及細看」（頁一五三）。〈過關〉一文中，也同時出現了一種錯亂的暈眩之感。當M正在為解去別人的鞋帶為己所用而感到罪惡時，讀者卻苦惱於他所解的是否就是M自己的鞋帶。

作者巧妙地交疊運用了「M」的抽象代號造成了讀者感受上的混淆，以致難以辨別其真實性。如果連疼痛、悲傷都可以因論述而有不同層次時，那麼，讀者在面對書中未來與過去之時空交錯時，就不需有那麼大的眩惑感了。在現實生活中，其實未來、過去與當下的界線也時常是模糊的，當我們偶遇十年不見的老友時，對此一老友的感覺可在動念之間就立刻回復到十年前對他的舊印象，而這十年的空缺卻永遠存在那裡無法被填補，可是，實質上十年的歲月，在他身上所發生的種種事件與變化完全可以在我們的腦袋與想像中被忽略。如果我們一直想用慣性思維去釐清M在過去、現在、未來遊走的不確定性，究竟有無意義呢？或者，我們可以這樣發問：把過去、現在、未來界定得涇渭分明究竟對M有意義，還是對讀者有意義？這是作者巧妙的安排，當讀者會產生眩惑時，其實是讀者只能以單一的因果慣性去思維所造成的結果。這樣的眩惑表面上看來好像是作者刻意造成的，但是，實際上把讀者搞得暈頭轉向的，卻是讀者自己。因為，如果讀者不堅持「過去——現在——未來」只能單一順向發展（其實在現實生活中，許多思維始終是交錯進行而無罣礙的）那麼，或許眩惑就可以被消弭。試想，人為什麼非得隨時明確地知道自身所在不可呢？藉由思維的無疆界，我們大可自由來去過去、現在與未來之中，即使彼此（三者）縱橫交錯，對我們而言，也不覺得有什麼不妥之處。

本書不斷在探討自己與自己的對話，與其說此書在思考人與荒謬世界的關聯，毋寧說是在追尋現代生活中，一個個體、一個自我應該如何自我定位、以安定心神。《M的旅程》所想解決的，其實是M企圖透過追求自由擺脫東方倫理羈絆以找尋自我定位的一趟追尋自我之旅。M與人群之間的關係是疏離的，人生的存在彷若是荒謬的，人與人之間也沒有什麼固定的意義與關聯，彷彿一切都可以重新排列組合成一種新的關係，中間串連的脈絡其實是非常薄弱的。我們可以看到M亟力擺脫家族倫理羈絆的許多努力，M一直企圖想破繭而出，可惜的是，我們無法看出他有所掙脫，仍是存活在那個他所亟欲逃離的體系之中。破繭的方式，並不是一味地迎向現代、拋棄傳統「從『傳統』到『現代』是像流水一般流下來的，絕不能把『傳統』與『現代』截然分作兩極」、「檢核『傳統』與修正『傳統』，都並不是否定『傳統』或取代『傳統』」[13]。M一直企圖在尋找理想中的「和平、溫柔、美麗的湖」（頁七七），並相信這個湖擁有可以鼓舞他超越生命的力量，希望用這個理想之湖的存在來填補心靈的

13 同註四，前揭書中〈再論傳統與現代〉一文，頁十七。

空虛，但，這個湖有無可能必須回歸到將他塑形的傳統才能找得到？自我即是傳統洪流的一部份，要與傳統全然割裂、將自己全然孤立，其實已忽略了自我即是由傳統文化所建構出來的事實，一味向外追求的結果將發現所有的反抗其實都是反抗不了的，最終只換來「生受無終、超脫無望」（頁八七）的結果，反倒不如回溯自身存在的本質來得有效，人由傳統所形塑，要想拋卻傳統的所有影響是不可能的。現代化之後、遠離傳統之後所帶來的自我價值的失落，使得萬物之靈的人類已然不知該將自己定位在什麼位置之中才是穩當的。每日機械式地上班、下班，所有時間的縫隙俱被繁複的瑣碎生活所填滿，慌張地應對接踵而來、川流不息的工作後，「從何處來？往何處去？」的簡單命題，恐怕都將成為不易回答的禪門問答了。作者並不企圖解決M所面臨的問題，只是企圖表彰M游離在不斷眩惑與迷惘的困境中無路可出。接受現代化，如果是突破傳統文化的具體實踐，那麼，如何解決現代化之後所一併帶來的疏離與茫然，恐怕就有賴我們努力泯除傳統與現代化對立的界限並藉助傳統所蘊藏的能量來破繭而出了。

（本文作者為明新科技大學副教授）

馬森著作目錄

一、學術論著及一般評論

《莊子書錄》，台北：台灣師範大學國文研究所集刊，第二期，一九五八年。
《世說新語研究》，台北：台灣師範大學國文研究所，一九五九年。
《馬森戲劇論集》，台北：爾雅出版社，一九八五年九月。
《文化・社會・生活》，台北：圓神出版社，一九八六年一月。
《東西看》，台北：圓神出版社，一九八六年九月。
《電影・中國・夢》，台北：時報出版公司，一九八七年六月。
《中國民主政制的前途》，台北：圓神出版社，一九八八年七月。
馬森、邱燮友等著《國學常識》，台北：東大圖書公司，一九八九年九月。
《繭式文化與文化突破》，台北：聯經出版社，一九九〇年一月。
《當代戲劇》，台北：時報文化出版社，一九九一年四月。

《中國現代戲劇的兩度西潮》，台南：文化生活新知出版社，一九九一年七月。
《東方戲劇．西方戲劇》（《馬森戲劇論集》增訂版），台南：文化生活新知出版社，一九九二年九月。
《西潮下的中國現代戲劇》（《中國現代戲劇的兩度西潮》修訂版），台北：書林出版公司，一九九四年十月。
馬森、邱燮友、皮述民、楊昌年等著《二十世紀中國新文學史》，板橋：駱駝出版社，一九九七年八月。
《燦爛的星空——現當代小說的主潮》，台北：聯合文學出版社，一九九七年十一月。
《戲劇——造夢的藝術》，台北：麥田出版社，二〇〇〇年十一月。
《文學的魅惑》，台北：麥田出版社，二〇〇二年四月。
《台灣戲劇——從現代到後現代》，台北：佛光人文社會學院，二〇〇二年六月。
《中國現代戲劇的兩度西潮》再修訂版，台北：聯合文學出版社，二〇〇六年十二月。
〈台灣實驗戲劇〉，收在張仲年主編《中國實驗戲劇》，上海：上海人民出版社，二〇〇九年一月，頁一九二—二三五。
《台灣戲劇——從現代到後現代》（增訂版），台北：秀威資訊科技，二〇一〇年十二月。
《戲劇——造夢的藝術》（增訂版），台北：秀威資訊科技，二〇一〇年十二月。

《文學的魅惑》（增訂版），台北：秀威資訊科技，二〇一〇年十二月。
《文學筆記》，台北：秀威資訊科技，二〇一〇年十二月。

二、小說創作

馬森、李歐梵《康橋踏尋徐志摩的蹤徑》，台北：環宇出版社，一九七〇年。
《法國社會素描》，香港：大學生活社，一九七二年十月。
《生活在瓶中》（加收部分《法國社會素描》），台北：四季出版社，一九七八年四月。
《孤絕》，台北：聯經出版社，一九七九年九月，一九八六年五月第四版改新版。
《夜遊》，台北：爾雅出版社，一九八四年一月。
《北京的故事》，台北：時報出版公司，一九八四年五月，一九八六年七月第三版改新版。
《海鷗》，台北：爾雅出版社，一九八四年五月。
《生活在瓶中》，台北：爾雅出版社，一九八四年十一月。
《巴黎的故事》（《法國社會素描》新版），台北：爾雅出版社，一九八七年十月。
《孤絕》（加收《生活在瓶中》），北京：人民文學，一九九二年二月。
《巴黎的故事》，台南：文化生活新知出版社，一九九二年二月。
《夜遊》，台南：文化生活新知出版社，一九九二年九月。

《M的旅程》，台北：時報出版公司，一九九四年三月（紅小說二六）。

《北京的故事》，台北：時報出版公司，一九九四年四月（新版、紅小說二七）。

《孤絕》，台北：麥田出版社，二〇〇〇年八月。

《夜遊》，台北：九歌出版社，二〇〇〇年十二月。

《夜遊》（典藏版）台北：九歌出版社，二〇〇四年七月十日。

《巴黎的故事》，台北：印刻出版社，二〇〇六年四月。

《生活在瓶中》，台北：印刻出版社，二〇〇六年四月。

《府城的故事》，台北：印刻出版社，二〇〇八年五月。

《孤絕》（最新增訂本），台北：秀威資訊科技，二〇一〇年十二月。

《夜遊》（最新增訂本），台北：秀威資訊科技，二〇一〇年十二月。

三、劇本創作

《西冷橋》（電影劇本），寫於一九五七年，未拍製。

《飛去的蝴蝶》（獨幕劇），寫於一九五八年，未發表。

《父親》（三幕），寫於一九五九年，未發表。

《人生的禮物》（電影劇本），寫於一九六二年，一九六三年於巴黎拍製。

《蒼蠅與蚊子》（獨幕劇），寫於一九六七年，發表於一九六八年冬《歐洲雜誌》第九期。

《一碗涼粥》（獨幕劇），寫於一九六七年，發表於一九七七年七月《現代文學》復刊第一期。

《獅子》（獨幕劇），寫於一九六八年，發表於一九六九年十二月五日《大眾日報》「戲劇專刊」。

《弱者》（一幕二場劇），寫於一九六八年，發表於一九七〇年一月七日《大眾日報》「戲劇專刊」。

《蛙戲》（獨幕劇），寫於一九六九年，發表於一九七〇年二月十四日《大眾日報》「戲劇專刊」。

《野鵓鴿》（獨幕劇），寫於一九七〇年，發表於一九七〇年三月四日《大眾日報》「戲劇專刊」。

《朝聖者》（獨幕劇），寫於一九七〇年，發表於一九七〇年四月八日《大眾日報》「戲劇專刊」。

《在大蟒的肚裡》（獨幕劇），寫於一九七二年，發表於一九七六年十二月三—四日《中國時報》「人間副刊」，並收在王友輝、郭強生主編《戲劇讀本》，台北：二魚文化，頁三六六—三七九。

《花與劍》（二場劇），寫於一九七六年，未發表，收入一九七八年《馬森獨幕劇集》；並選入一九八九《中華現代文學大系》（戲劇卷壹），台北：九歌出版社，頁一〇七—一三五；一九九三年十一月北京《新劇本》第六期（總第六十期）「93中國小劇場戲劇展暨國際研討會作品專號」轉載，頁十九—廿六；一九九七年英譯本收入*Contemporary Chinese Drama*, translated by Prof. David Pollard, Hong Kong, Oxford university Press, pp. 253-374。

《馬森獨幕劇集》，台北：聯經出版社，一九七八年二月（收進《一碗涼粥》、《獅子》、《蒼蠅與蚊子》、《弱者》、《蛙戲》、《野鵓鴿》、《朝聖者》、《在大蟒的肚裡》、《花與劍》等九劇）。

《腳色》（獨幕劇），寫於一九八〇年，發表於一九八〇年十一月《幼獅文藝》三二三期「戲劇專號」。

《進城》（獨幕劇），寫於一九八二年，發表於一九八二年七月廿二日《聯合報》副刊。

《腳色》，台北：聯經出版社，一九八七年十月（《馬森獨幕劇集》增補版，增收進《腳色》、《進城》，共十一劇）。

《腳色——馬森獨幕劇集》，台北：書林出版社，一九九六年三月。

《美麗華酒女救風塵》（十二場歌劇），寫於一九九〇年，發表於一九九〇年十月《聯合文學》七二期，游昌發譜曲。

《我們都是金光黨》（十場劇），寫於一九九五年，發表於一九九六年六月《聯合文學》一四〇期。

《我們都是金光黨／美麗華酒女救風塵》，台北：書林出版社，一九九七年五月。

《陽台》（二場劇），寫於二〇〇一年，發表於二〇〇一年六月《中外文學》三十卷第一期。

《窗外風景》（四圖景），寫於二〇〇一年五月，發表於二〇〇一年七月《聯合文學》二〇一期。

《蛙戲》（十場歌舞劇），寫於二〇〇二年初，台南人劇團於二〇〇二年五月及七月在台南市、台南縣和高雄市演出六場，尚未出書。

《雞腳與鴨掌》（一齣與政治無關的政治喜劇），寫於二〇〇七年末，二〇〇九年三月發表於《印刻文學生活誌》。

《馬森戲劇精選集》（收入《窗外風景》、《陽台》、《我們都是金光黨》、《雞腳與鴨掌》、歌舞劇版《蛙戲》、話劇版《蛙戲》及徐錦成〈馬森近期戲劇〉、陳美美〈馬森「腳色理論」析論〉兩文），台北：新地文學出版社，二〇一〇年三月。

四、散文創作

《在樹林裏放風箏》，台北：爾雅出版社，一九八六年九月。

《墨西哥憶往》，台北：圓神出版社，一九八七年八月。

《墨西哥憶往》，香港：盲人協會，一九八八年（盲人點字書及錄音帶）。

《大陸啊！我的困惑》，台北：聯經出版社，一九八八年七月。

《愛的學習》，台南：文化生活新知出版社，一九九一年三月（《在樹林裏放風箏》新版）。

《馬森作品選集》，台南：台南市立文化中心，一九九五年四月。

《追尋時光的根》，台北：九歌出版社，一九九九年五月。

《東亞的泥土與歐洲的天空》，台北：聯合文學出版社，二〇〇六年九月。

《維城四紀》，台北：聯合文學出版社，二〇〇七年三月。

《旅者的心情》，上海：上海人民出版社，二〇〇九年一月。

五、翻譯作品

馬森、熊好蘭合譯《當代最佳英文小說》導讀一（用筆名飛揚），台南：文化生活新知出版社，一九九一年七月。

馬森、熊好蘭合譯《當代最佳英文小說》導讀二（用筆名飛揚），台南：文化生活新知出版社，一九九一年十月。

《小王子》（原著：法國・聖德士修百里，譯者用筆名飛揚），台南：文化生活新知出版社，一九九一年十二月。

《小王子》，台北：聯合文學，二〇〇〇年十一月。

六、編選作品

《七十三年短篇小說選》，台北：爾雅出版社，一九八五年四月。

《樹與女——當代世界短篇小說選（第三集）》，台北：爾雅出版社，一九八八年十一月。

馬森、趙毅衡合編《潮來的時候——台灣及海外作家新潮小說選》，台南：文化生活新知出版社，一九九二年九月。

馬森、趙毅衡合編《弄潮兒——中國大陸作家新潮小說選》，台南：文化生活新知出版社，一九九二年九月。

馬森主編，「現當代名家作品精選」系列（包括胡適、魯迅、郁達夫、周作人、茅盾、丁西林、沈從文、徐志摩、丁玲、老舍、林海音、朱西甯、陳若曦、洛夫等的選集），台北：駱駝出版社，一九九八年六月。

馬森主編《中華現代文學大系一九八九—二〇〇三・小說卷》，台北：九歌出版社，二〇〇三年十月。

七、外文著作

1963 *L'Industrie cinémathographique chinoise après la sconde guèrre mondiale*（論文），Institut des Hautes Études Cinémathographiques, Paris.

1965 "Évolution des caractères chinois"，*Sang Neuf*（Les Cahiers de l'École Alsacienne, Paris），No.11,pp.21-24.

1968 "Lu Xun, iniciador de la literatura china moderna" ,*Estudio Orientales*, El Colegio de Mexico, Vol.III,No.3,pp.255-274.

1970 "Mao Tse-tung y la literatura:teoria y practica"，*Estudios Orientales*, Vol.V,No.1,pp.20-37.

"La literatura china moderna y la revolucion"，*Revista de Universitad de Mexico*, Vol. XXVI, No.1, pp.15-24.

1971 "Problems in Teaching Chinese at El Colegio de Mexico"，*Journal of the Chinese Language Teachers Association in North America*, Vol.VI, No.1, pp.23-29.

La casa de los Liu y otros cuentos（老舍短篇小說西譯選編），El Colegio de

Mexico, Mexico, 125p.

1977 *The Rural People's Commune 1958-65: A Model of Social and Economic Development* (Dissertation of Ph.D. of Philosophy at University of British Columbia, Canada).

1979 "Water Conservancy of the Gufengtai People's Commune in Shandong" (25-28 May , The Annual Conference of Association for Asian Studies).

1981 "Kuo-ch'ing Tu: *Li Ho* (Twayne's World Series), Boston, Twayne Publishers, 1979" , *Bulletin of SOAS*, University of London, Vol. XLIV, Part 3, pp.617-618.

"The Drowning of an Old Cat and Other Stories, by Hwang Chun-ming (translated by Howard Goldblartt), Bloomington, Indiana University Press,1980", *The China Quarterly*, 88, Dec., pp.707-08.

1982 "Jeanette L. Faurot (ed.): *Chinese fiction from Taiwan: Critical Perspectives*, Bloomington: Indiana University Press, 1980", *Bulletin of the SOAS*, Unversity of London, Vol. XLV, Part 2, pp.383-384.

"Martine Vellette-Hémery: *Yuan Hongdao (1568-1610): théorie et pratique littéraires*, Paris, Collège de France, Institut des Hautes Études Chinoises, 1982", *Bulletin of the SOAS*, Unversity of London, Vol. XLV, Part 2, p.385.

1983 "Nancy Ing (ed.): *Winter Plum: Contemporary Chinese Fiction*, Taipei, Chinese Nationals Center,1982", *The China Quarterly*, pp.584-585.

1986 "Contemporary Chinese Literature: An Anthology of Post-Mao Fiction and Poetry, edited with an Introduction by Michael S. Duke for the Bulletin of Concerned Asian Scholars, New York and London, M. E. Sharpe Inc., 1985", *The China Quarterly*, pp.51-53.

1987 "L'Ane du père Wang" , *Aujourd'hui la Chine*, No.44, pp.54-56.

1988 "Duanmu Hongliang: *The Sea of Earth*, Shanghai, Shenghuo shudian, 1938", *A Selective Guide to Chinese Literature 1900-1949*, Vol.1 The Novel, edited by Milena Dolezelova-Velingerova, E. J. Brill, Leiden. New York, KØbenhavn Köln, pp.73-74.

"Li Jieren: *Ripples on Dead Water*, Shanghai, Zhong hua shuju, 1936", *A Selective Guide to Chinese Literature 1900-1949*, Vol.1, The Novel, edited by Milena Dolezelova-Velingerova, E. J. Brill, Leiden. New York, KØbenhavn Köln, pp.116-118.

"Li Jieren: *The Great Wave*, Shanghai, Zhong hua shuju, 1937", *A Selective Guide to Chinese Literature 1900-1949*, Vol.1, The Novel, edited by Milena Dolezelova-Velingerova, E. J. Brill, Leiden. New York, KØbenhavn Köln, pp.118-121.

"Li Jieren: *The Good Family*, Shanghai, Zhonghua shuju, 1947", *A Selective Guide to*

Chinese Literature 1900-1949, Vol.2, The Short Story, edited by Zbigniew Slupski, E. J. Brill, Leiden. New York, KØbenhavn Köln, pp.99-101.

"Shi Tuo: *Sketches Gathered at My Native Place*, Shanghai, Wenhua shenghuo chu banshee, 1937", *A Selective Guide to Chinese Literature 1900-1949*, Vol.2, The Short Story, edited by Zbigniew Slupski, E. J. Brill, Leiden. New York, KØbenhavn Köln, pp.178-181.

"Wang Luyan: *Selected Works by Wang Luyan*, Shanghai, Wanxiang shuwu, 1936", *A Selective Guide to Chinese Literature 1900-1949*, Vol.2, The Short Story, edited by Zbigniew Slupski, E. J. Brill, Leiden. New York, KØbenhavn Köln, pp.190-192.

1989 "Father Wang's Donkey"（translated by Michael Bullock）, *PRISM International*, Canada, Vol.27, No.2, pp.8-12.

"The Theatre of the Absurd in Mainland China: Gao Xingjian's *The Bus Stop*", *Issues & Studies*, National Chengchi University, Vol.25, No.8, pp.138-148.

1990 "The Celestial Fish"（translated by Michael Bullock）, *PRISM International*, Canada, January 1990, Vol.28, No.2, pp.34-38.

"The Anguish of a Red Rose"（translated by Michael Bullock）, *MATRIX*（Toronto,

Canada）, Fall 1990, No.32, pp.44-48.

"Cao Yu: *Metamorphosis*, Chongqing, Wenhua shenghuo chubanshe, 1941", *A Selective Guide to Chinese Literature 1900-1949*, Vol.4, The Drama, edited by Bernd Eberstein, E. J. Brill, Leiden. New York, KØbenhavn Köln, pp.63-65.

"Lao She and Song Zhidi: *The Nation Above All*, Shanghai Xinfeng chubanshe, 1945", *A Selective Guide to Chinese Literature 1900-1949*, Vol.4, The Drama, edited by Bernd Eberstein, E. J. Brill, Leiden. New York, KØbenhavn Köln, pp.164-167.

"Yuan Jun: *The Model Teacher for Ten Thousand Generations*, Shanghai, Wenhua shenghuo chubanshe, 1945", *A Selective Guide to Chinese Literature 1900-1949*, Vol.4, The Drama, edited by Bernd Eberstein, E. J. Brill, Leiden. New York, KØbenhavn Köln, pp.323-326.

1991 "The Theatre of the Absurd in Mainland China: Kao Hsing-chien's *The Bus Stop*" in Bih-jaw Lin（ed.）, *Post-Mao Sociopolitical Changes in Mainland China: The Literary Perspective*, Institute of International Relations, National Chengchi University, Taipei, pp.139-148.

"Thought on the Current Literary Scene", *Rendition*（A Chinese-English Translation

Magazine）, Nos.35 & 36, Spring & Autumn 1991, pp.290-293.

1997　*Flower and Sword* (Play translated by David E. Pollard) in Martha P.Y. Cheung & C.C. Lai (ed.), *Contemporary Chinese Drama*, Hong Kong, Oxford University Press, pp.353-374.

2001　"The Theatre of the Absurd in China: Gao Xingjian's *Bus-Stop*" in Kwok-kan Tam (ed.), *Soul of Chaos: Critical Perspectives on Gao Xingjian*, Hong Kong, The Chinese University Press, pp.77-88.

2006　二月，《中國現代演劇》（《中國現代戲劇的兩度西潮》韓文版，姜啟哲譯），首爾。

八、有關馬森著作（單篇論文不列）

龔鵬程主編：《閱讀馬森——馬森作品學術研討會論文集》，台北：聯合文學，二〇〇三年十月。

石光生著：《馬森》（資深戲劇家叢書），台北：行政院文化建設委員會，二〇〇四年十二月。

語言文學類　PG0516

M的旅程

作　　者 / 馬　森
主　　編 / 楊宗翰
責任編輯 / 孫偉迪
圖文排版 / 張慧雯
封面設計 / 陳佩蓉

發 行 人 / 宋政坤
法律顧問 / 毛國樑　律師
印製出版 / 秀威資訊科技股份有限公司
114台北市內湖區瑞光路76巷65號1樓
電話：+886-2-2796-3638　傳真：+886-2-2796-1377
http://www.showwe.com.tw
劃撥帳號 / 19563868　戶名：秀威資訊科技股份有限公司
讀者服務信箱：service@showwe.com.tw
展售門市 / 國家書店（松江門市）
104台北市中山區松江路209號1樓
電話：+886-2-2518-0207　傳真：+886-2-2518-0778
網路訂購 / 秀威網路書店：http://www.bodbooks.com.tw
國家網路書店：http://www.govbooks.com.tw
圖書經銷 / 紅螞蟻圖書有限公司
114台北市內湖區舊宗路二段121巷28、32號4樓
電話：+886-2-2795-3656　傳真：+886-2-2795-4100

2011年3月BOD一版
定價：250元

國家圖書館出版品預行編目

M的旅程 / 馬森著. -- 一版. -- 臺北市 : 秀威資訊科技,
2011.03
面； 公分. --(語言文學類 ; PG0516)
BOD版
ISBN 978-986-221-708-5(平裝)

857.63 100001736

讀者回函卡

感謝您購買本書，為提升服務品質，請填妥以下資料，將讀者回函卡直接寄回或傳真本公司，收到您的寶貴意見後，我們會收藏記錄及檢討，謝謝！

如您需要了解本公司最新出版書目、購書優惠或企劃活動，歡迎您上網查詢或下載相關資料：http:// www.showwe.com.tw

您購買的書名：______________________________

出生日期：________年________月________日

學歷：□高中（含）以下　□大專　□研究所（含）以上

職業：□製造業　□金融業　□資訊業　□軍警　□傳播業　□自由業

　　　□服務業　□公務員　□教職　□學生　□家管　□其它____

購書地點：□網路書店　□實體書店　□書展　□郵購　□贈閱　□其他

您從何得知本書的消息？

□網路書店　□實體書店　□網路搜尋　□電子報　□書訊　□雜誌

□傳播媒體　□親友推薦　□網站推薦　□部落格　□其他________

您對本書的評價：（請填代號　1.非常滿意　2.滿意　3.尚可　4.再改進）

封面設計____　版面編排____　內容____　文／譯筆____　價格____

讀完書後您覺得：

□很有收穫　□有收穫　□收穫不多　□沒收穫

對我們的建議：______________________________

____

____

____

請貼
郵票

11466
台北市內湖區瑞光路 76 巷 65 號 1 樓
秀威資訊科技股份有限公司 收
BOD 數位出版事業部

………………………………………………………………………………

（請沿線對折寄回，謝謝！）

姓　　名：________________ 年齡：________ 性別：□女　□男

郵遞區號：□□□□□

地　　址：______________________________

聯絡電話：（日）________________（夜）________________

E-mail：______________________________